L'ÉTONNANT (mais pas MIRACULEUX) VOYAGE de FREDDIE YATES ou

COMMENT UNE SÉRIE DE PLANS BIZARRES PEUT CONDUIRE AU SUCCÈS

Correction : Claire Debout
Mise en pages : Pascale Darrigrand
Illustration de couverture : © Linzie Hunter, 2021

Titre original : *The Super Miraculous Journey of Freddie Yates*
© Jenny Pearson, 2020, published by Usborne

Pour la traduction française :
© Éditions Milan, 2021
1, rond-point du Général-Eisenhower, 31101 Toulouse Cedex 9, France
editionsmilan.com

Dépôt légal : février 2021 • ISBN : 978-2-4080-1638-8
Achevé d'imprimer au 1er trimestre 2021 en Italie par Grafica Veneta
Ce livre a été imprimé sur du papier issu de forêts gérées durablement.
Plus d'informations sur la fabrication de nos livres :
editionsmilan.com/comment-fabriquons-nous-nos-livres

Certifié PEFC
Ce produit est issu de forêts gérées durablement et de sources contrôlées
PEFC
PEFC/18-31-226
www.pefc-france.org

JENNY PEARSON

L'ÉTONNANT (mais pas MIRACULEUX) VOYAGE de FREDDIE YATES ou

COMMENT UNE SÉRIE DE PLANS BIZARRES PEUT CONDUIRE AU SUCCÈS

Traduit de l›anglais (Royaume-Uni) par Maud Ortalda

MILAN

Il paraît que les miracles peuvent prendre n'importe quelle apparence. Moi, je ne suis pas convaincu qu'il en existe d'aussi petits et poilus que Lady Gaga.

C'est drôle, tout ce que les gens prennent pour des miracles. Quand Papa a eu son « petit accident », Mamie a déclaré : « Joe, c'est un petit miracle que tu ne te sois pas tué. » Ce n'était pas un petit miracle, en fait, c'était Eileen, du salon de coiffure, et Eileen n'a rien de petit ni de miraculeux. Si elle n'était pas sortie promener sa chienne Lady Gaga à cet instant précis, elle n'aurait pas vu le fourgon postal de Papa en train de dévaler la butte et elle ne lui aurait pas crié de s'écarter du passage. Donc je le répète : ce n'était pas un miracle, seulement un bon timing. Enfin, un timing pas trop mauvais : il s'est quand même cassé la jambe.

Un jour, notre maîtresse, Mme Walker, nous a dit que si elle arrivait à terminer l'année scolaire sans étrangler personne, ce serait un miracle. À la fin du CM2, toute ma classe était encore en vie… Du moins, je crois. Dylan Katano a disparu au milieu du premier trimestre, mais il paraît qu'il serait retourné au Japon. Enfin bref, ce que je veux dire, c'est que Mme Walker se trompe : ne pas étrangler d'élève n'est pas un miracle, même si on était sacrément pénibles.

Jadis, les miracles étaient souvent plus gros. Même si on ne sait pas s'ils se sont vraiment produits. Une fois, avec Ben et Charlie, on a voulu se partager un *fish and chips* de chez Marley's. Ça a bien failli détruire notre amitié, et pourtant, les *fish and chips* de chez Marley's sont assez gros pour trois. Alors qu'un gars appelé Jésus réussisse à partager trois harengs et quelques tranches de pain de mie avec 5 000 personnes, ça, ça me dépasse. À mon avis, les gens voulaient vraiment croire que c'était arrivé.

Papa dit que les gens adorent les bonnes histoires, et que si ça les rend heureux, à quoi bon laisser la vérité s'interposer. C'est ce qui a dû se passer au pays de Galles cet été. Les gens ont vu ce qu'ils voulaient voir. Et ce qu'ils voulaient voir, c'étaient des miracles.

Si on m'avait demandé, début juillet, ce que j'en pensais, j'aurais répondu que le plus important, c'était la vérité. *Les faits.* À l'époque, les faits, c'était mon truc préféré. Il y a des gens qui collectionnent les cartes Pokémon, d'autres les autocollants, moi, je collectionnais les faits. Vous voyez, une fois qu'on connaît un fait, on peut le garder pour soi, pour toujours. Il ne peut pas s'échapper et personne ne peut vous le reprendre. Mais, cet été, j'ai vu quelque chose de réellement miraculeux qui m'a fait tout remettre en question.

CHAPITRE 1

Pourquoi Ben et Charlie se sont retrouvés embarqués dans cette histoire

L'été aurait dû se dérouler de la façon suivante : Ben devait s'envoler pour les États-Unis avec son père et sa nouvelle belle-mère Becky. Charlie se retrouverait dans un genre de sanctuaire de régime vegan avec ses parents. Quant à moi, j'allais traîner tout l'été à la maison avec Papa et Grams (c'est comme ça que j'appelle ma mamie). Or ça ne s'est pas du tout passé comme ça.

Au premier abord, on pourrait se dire que les vacances de Ben étaient les plus enviables. Ça, c'est parce que vous ne connaissez pas Becky. Même Disney World ne peut pas compenser la présence de Becky. Grams disait qu'elle avait déjà rencontré des femmes dans son genre avant. Je ne sais pas qui étaient ces femmes, ni où elle avait pu les rencontrer, mais j'ai la nette impression qu'elle ne les aimait pas du tout.

Le dernier jour du CM2, on a chanté à tue-tête notre hymne de la classe (« Un pas de plus dans le monde »), puis Mme Walker nous a souhaité bonne chance à nous et à nos futurs profs, avant de nous faire sortir dans la cour. Elle avait l'air lessivée. Ben avait fait rentrer cinq paquets de Mentos dans une bouteille de coca pendant la fête de la classe, ça avait fait une giga-explosion. Selon ses dires, il ne s'y attendait pas, mais tout le monde savait bien que c'était un mensonge parce que l'année précédente à la kermesse, une dame très enthousiaste avec des collants rayés et un badge *J'adore la science* nous en avait fait la démonstration.

J'avais la permission de rentrer à pied : Papa ne pouvait pas conduire à cause de sa jambe et Grams n'avait plus le droit de prendre la voiture depuis qu'elle avait percuté le monument aux morts du centre-ville. Il me semble que le docteur a dit que c'était parce qu'elle avait du guacamole dans les yeux, ce qui me paraît bizarre vu qu'elle refusait toute nourriture étrangère. (De toute façon, elle n'aurait pas pu venir me chercher puisqu'à ce moment-là elle était morte, mais je ne le savais pas encore. Je vous préviens tout de suite pour que vous soyez prêts pour la partie triste, un peu plus tard.)

Ben, Charlie et moi sommes sortis ensemble de l'école. J'allais me diriger vers le kiosque à journaux pour m'acheter mon paquet de Monster Munch du goûter, quand la nouvelle belle-mère de Ben, Becky, est arrivée dans leur nouvelle Range Rover. Elle portait un haut très, très décolleté dont Grams aurait sûrement dit que c'était « exprès pour attirer l'attention ».

– Salut, les garçons ! a-t-elle lancé en baissant la vitre.

Son sourire révélait *beaucoup* de dents.

Il se trouve que j'ai un *fait* sur les dents – peut-être devriez-vous le noter, c'est très intéressant. Les adultes humains ont trente-deux dents. Dans le règne animal, ce n'est pas beaucoup. On serait tenté de croire que ce sont les requins qui ont le plus de dents : c'est faux. L'escargot possède 14 000 dents. Même Becky n'en a pas autant.

Charlie a sifflé et dit quelque chose d'embarrassant comme :

– Ta nouvelle mère est trop cool !

Ben n'a pas apprécié, alors il a bousculé Charlie, mais pas trop fort. Ben estime que Charlie n'a pas de filtres. Il raconte toujours tout ce qui lui passe par la tête. Moi, j'estime que Ben a raison à ce sujet.

Enfin bref, Becky a repoussé ses longs cheveux blonds derrière son épaule et relevé ses énormes lunettes de soleil.

– Monte, Ben, je t'emmène chez le coiffeur. Tu ne vas pas partir en vacances avec les cheveux tout en bataille.

Ben n'a pas les cheveux en bataille du tout. Il a une grosse masse de cheveux bouclés trop chouette sur la tête. Parfois, il a même des zigzags ou des motifs dessinés à la tondeuse sur les côtés. Les filles ont l'air de trouver ça beau. En tout cas, elles ont l'air de trouver ça plus beau que la coupe que m'a faite Grams avec les ciseaux cranteurs qui m'ont laissé une frange ondulée. Il paraît que c'était à cause du guacamole aussi.

Ben a été vraiment vexé par le commentaire sur ses cheveux. Il attache une grande importance à sa coiffure. Les mains dans les poches, il a marmonné pour que Becky n'entende pas, mais moi si :

– C'est pas ma *nouvelle mère*. Elle n'est même pas de ma famille.

Becky n'aime pas qu'on la fasse attendre. Son visage est devenu assez moche quand elle a crié :

– Benjamin !

Il s'est un peu recroquevillé en grommelant :

– C'est Ben.

Tout le monde sait très bien qu'il déteste qu'on l'appelle Benjamin. Mais je crois que Becky s'en fiche parce qu'elle a levé les yeux au ciel et elle a répondu :

– D'accord, Benjamin, monte dans la voiture. On va être en retard.

Avec Charlie, on s'est regardés pendant que Ben montait à l'arrière de la voiture et claquait la portière. Même si je savais qu'il allait à Disney World, j'étais triste pour lui.

Becky a donné un coup de klaxon ; elle a dû oublier qu'elle était fâchée parce qu'elle nous a encore fait un énorme sourire rouge. Elle a crié par la vitre :

– Bonnes vacances, les garçons !

Et puis ils sont partis dans un crissement de pneus.

Quand la voiture a tourné au coin de la rue, Charlie a soupiré :

– Ben a trop de chance. Sa nouvelle mère est vraiment canon.

Quand je disais que Charlie n'a aucun filtre et qu'il ne fait pas attention à ce qu'il dit ! Je lui ai lancé un regard noir.

– Charlie, on *déteste* Becky, tu te rappelles ?

Il a gonflé les joues.

– Je sais, je sais, mais…

– Pas de mais.

Après ça, il m'a persuadé de laisser tomber les Monster Munch pour l'accompagner au fast-food manger du poulet. Il voulait « un dernier repas » avant d'aller au camp Graines et Nature pour la cure détox annuelle de la famille Anderson. La mère de Charlie est devenue vegan il y a trois ans, c'est-à-dire qu'elle ne mange plus aucun produit d'origine animale. Et ça fait trois ans qu'il se plaint que ça lui gâche la vie.

Il a commandé une portion familiale de poulet frit et, tout en rongeant les os, il s'est mis à radoter sur le cauchemar qu'allaient être ses vacances à ne manger que de l'avocat parce que « un enfant en bonne santé c'est un enfant heureux ».

Si j'avais su, à l'époque, ce qui allait réellement se passer, j'aurais pu lui dire d'arrêter de râler. Mais je ne le savais pas encore, alors j'ai patiemment écouté son projet de coudre des bonbons dans la doublure de son pyjama et de cacher des chips dans son sac de couchage, tout en songeant que mon été s'annonçait bieeeeen plus nul que le sien.

CHAPITRE 2

Je vous ai déjà prévenus pour la partie triste. Je dois vous en parler parce que si Grams n'était pas morte, mon voyage ÉTONNANT n'aurait jamais eu lieu.

Je dois avouer qu'en rentrant à la maison, j'étais d'une humeur massacrante. C'est compréhensible : l'été commençait sans projets, et sans copains. Au coin de ma rue, j'ai aperçu Eileen qui promenait Lady Gaga. Par « promener », je veux dire qu'elle était plantée là avec un sac plastique à la main pendant que Lady Gaga faisait ce qu'elle avait à faire en plein milieu du trottoir. J'ai essayé de la contourner, mais elle avait l'air bizarre. Eileen, pas Lady Gaga.

La tête penchée sur le côté, elle a dit :

– Mon pauvre petit chéri. Tu sais quoi ? Quand tu en auras la force, tu viendras me voir et je t'arrangerai cette frange, d'accord ?

Je ne connaissais pas Eileen si bien que ça et je ne comprenais pas du tout pourquoi elle se préoccupait soudainement de ma situation capillaire.

Après s'être essuyé le nez avec un mouchoir, elle a ajouté :

– Je suis désolée, Fred, il faut croire que son heure était venue.

J'ai regardé Lady Gaga, un peu perplexe. Quand faut y aller, faut y aller.

Bien sûr, maintenant, je me rends compte qu'Eileen ne parlait pas de Lady Gaga qui était en train de faire ses besoins devant le pavillon de M. Burnley. Mais sur le moment, je n'y ai pas réfléchi plus longtemps car un détail inhabituel venait d'attirer mon attention.

Ce détail inhabituel, c'était mon père. Il se tenait à la porte du jardin. C'était un détail inhabituel pour deux raisons.

N° 1 : il n'avait pas quitté le canapé depuis son accident.

N° 2 : il fumait !

J'étais révolté. Je n'allais quand même pas rester là les mains dans les poches pendant qu'il se tuait à petit feu, alors j'ai crié :

– Papa ! Qu'est-ce que tu fabriques ?

De surprise, il a failli tomber à la renverse. J'ai couru jusqu'à la maison à grandes enjambées furieuses pour me lancer immédiatement dans l'exposé que j'avais fait en CM1 sur les dangers de la cigarette.

– Papa, il y a plus de 5 000 produits chimiques dans la fumée du tabac…

– Tu ne vas pas me faire la liste des 5 000 produits maintenant, n'est-ce pas, Fred ? a-t-il demandé d'une voix lasse.

J'ai trouvé que c'était malpoli : j'étais tout de même en train d'essayer de lui sauver la vie. Un parent mort, c'est déjà bien assez.

– Il y en a 250, au moins, dont on sait qu'ils sont nocifs, par exemple le cyanure d'hydrogène, le monoxyde de carbone et l'ammoniac. Et parmi ces 250 produits nocifs de la fumée de cigarette, il y en a au moins 69 qui peuvent causer le cancer.

Je n'en ai pas cru mes yeux en le voyant aspirer une autre bouffée de sa cigarette. Quand j'ai vu la fumée sortir de ses narines, j'ai failli exploser comme la bouteille de coca à la fête de l'école.

Il a dû comprendre, parce qu'il a dit :

– Excuse-moi, Fred.

Ensuite il a jeté le mégot par terre avant de l'écraser avec une de ses béquilles.

– Pourquoi tu fumais ?

– C'est Grams.

Comme je ne comprenais rien, j'ai répondu :

– Grams ne fume pas. Et puis franchement, c'est assez minable d'essayer de faire croire que la cigarette que tu fumais était à elle.

– Ce n'est pas ce que je veux dire.

– Alors qu'est-ce que tu veux dire ?

– Elle est partie.

Je ne voyais pas le rapport avec la soudaine addiction à la nicotine de mon père.

– Tu es allé voir chez M. Burnley ?

J'ai posé la question, parce que la dernière fois qu'on ne trouvait plus Grams, elle était chez lui à boire du sherry en jouant au strip-Monopoly. Enfin, elle ne jouait pas *pour de vrai* au strip-Monopoly, où on est censé retirer ses vêtements quand on perd, mais elle avait ôté son gilet. Papa et moi, on l'avait taquinée avec ça pendant des semaines. Jusqu'à ce qu'elle nous menace de ne plus laver nos sous-vêtements et de ne plus nous faire de gâteaux.

– Elle n'est pas chez M. Burnley, Fred, a dit Papa en secouant lentement la tête. Elle est partie *pour de bon.*

– Partie pour de bon ?

Ma tête commençait à vrombir comme un moteur de voiture et je n'aimais pas du tout où elle allait m'emmener.

– Elle est morte, Fred. Grams est morte.

Comme ça. Il a dit ça comme ça.

Sans savoir pourquoi, là, j'ai rigolé. Ce n'était pas drôle, mais mon cerveau était court-circuité et je ne contrôlais plus mes émotions.

Je ne sais pas si Papa a bien compris ce que j'ai raconté après car mon menton s'était mis à trembloter furieusement. Ce que je voulais dire, c'était :

– Comment elle peut être morte ? Tu disais qu'elle nous enterrerait tous.

En vrai, je crois que ça ressemblait plutôt à :

– Commeeent. Morte. Ta, nous tous !

Papa a murmuré en s'affaissant contre le portail :

– Je suis désolé, Fred.

– Désolé ? Pourquoi désolé ? C'est toi qui l'as tuée ?

Bien sûr, je ne croyais pas qu'il l'avait tuée, mais j'étais en pleine crise émotionnelle.

– Hein ? Non !

Naturellement, Papa a eu l'air un peu déconcerté.

Ma gorge commençait à se serrer ; j'ai dû déglutir beaucoup pour pouvoir respirer.

– Alors qu'est-ce qui s'est passé ? Elle allait bien quand je suis parti ce matin.

– Elle était vieille, Fred, son heure était venue.

(C'est là que j'ai compris qu'Eileen ne parlait pas de Lady Gaga.)

Papa a tendu un bras vers moi mais j'ai reculé. Je n'ai pas pu m'en empêcher. J'étais vraiment très, très en colère et à cet instant, il était la seule personne à qui je pouvais m'en prendre. Alors je lui ai crié dessus :

– Elle a toujours été vieille mais elle n'est jamais morte, avant ! Comment tu as pu laisser faire ça !

Je l'ai dépassé pour entrer dans la maison à grands pas. J'entendais le cliquetis de ses béquilles derrière moi.

Papa s'est mis à crier des trucs comme :

– Arrête ! Fred, attends. On va en parler.

Je ne me suis pas arrêté et je n'ai pas attendu, je ne voulais pas entendre un mot de plus. J'ai jeté mon sac à dos dans le couloir et je me suis précipité à la cuisine. Il y a eu un énorme fracas quand il a trébuché sur mon sac. Je sais que ce n'est pas bien, mais une minuscule partie de moi voulait qu'il se soit fait mal, juste un tout petit peu, pour me venger de ce qu'il m'avait dit sur Grams.

Il ne s'est pas fait mal, en revanche il s'est mis très en colère. Un déluge de mots impossibles à répéter s'est déversé de sa bouche. Je crois qu'il en a même inventé, comme « molluron ». Heureusement que Grams était morte, parce que si elle l'avait entendu, il aurait eu de sérieux ennuis.

– Fred ! Qu'est-ce que je t'ai dit pour ton cartable ? Viens ici tout de suite.

L'espace d'une seconde, j'ai voulu prendre mes jambes à mon cou, mais ma conscience m'a rattrapé. Je suis retourné dans le couloir pile au moment où Papa balançait mon sac par la porte du jardin.

– Tu n'aurais pas dû faire ça, ai-je lancé. Il y avait une briquette de jus de fruits dans la poche. Elle a dû exploser partout sur mon bulletin de notes.

Ça n'a pas semblé le préoccuper. Il avait encore l'air très fâché. Il a essayé de se lever mais il était tout emmêlé dans ses béquilles. D'autres gros mots ont fusé puis il en a jeté une des deux par la porte, qui a atterri sur mon cartable. Ensuite, il a brandi l'autre en l'air mais je l'ai attrapée avant qu'elle subisse le même sort.

– Arrête de jeter des trucs dehors, ai-je dit, avant d'ajouter quelque chose digne de Grams : Que vont penser les voisins ?

C'est là que Papa a baissé la tête et qu'il s'est mis à faire de drôles de reniflements, comme un morse à l'agonie. (Ooooh, ce n'est peut-être pas le meilleur moment, mais j'ai un *fait* sur les morses : ils pèsent une tonne. C'est autant qu'une voiture. La plupart des gens ne le savent pas, on a tendance à croire qu'ils sont bien plus petits – de la taille d'une otarie, par exemple – alors qu'ils sont énoooormes.)

Papa n'imitait pas le reniflement d'un morse à l'agonie, tout compte fait. Il *pleurait*. Je ne l'avais jamais vu pleurer avant, mais bon, ma mamie n'était jamais morte avant. Comme je ne savais pas quoi faire, je suis resté là avec sa béquille à la main, bouche bée.

Quand il a fini de renifler et de pleurer, il a demandé :

– Tu veux bien aider ton vieux père à se relever, Fred ?

Je l'ai remis sur son pied valide avant de me glisser sous son aisselle pour le ramener au canapé en clopinant.

– Pardon, Papa, ai-je soufflé en posant sa jambe cassée sur le repose-pied. Je n'aurais pas dû laisser mon sac par terre. C'est parce que Grams est morte.

Il a poussé un gros soupir en s'essuyant le nez du revers de la manche, ce qu'il m'interdit toujours de faire. J'allais le lui faire remarquer, mais ça ne semblait pas être le bon moment. En tout cas, j'ai bien vu qu'il y avait deux poids, deux mesures. Sans commentaire.

Puis Papa s'est excusé :

– Non, c'est moi qui te demande pardon, Fred. Je n'ai pas été très malin de sortir ça comme ça. J'ai passé toute la journée à me demander comment te l'annoncer et puis… tout ce que j'ai trouvé, c'est « elle est partie pour de bon ».

C'était vrai, il n'avait pas été très malin. Comme il avait l'air bouleversé, je lui ai dit que ce n'était pas grave. Je me suis assis à côté de lui. Je n'étais plus en colère. Seulement triste.

– Qu'est-ce qui s'est passé ?

– Grams tricotait dans son fauteuil en s'énervant contre la télé, l'instant d'après elle était partie. Un arrêt cardiaque, selon le médecin.

Papa a regardé le fauteuil vide de Grams. J'ai suivi son regard. On voyait encore l'empreinte de ses fesses dans le coussin. Le pull qu'elle tricotait était posé sur l'accoudoir, je suis allé le récupérer. Il y avait un dinosaure multicolore dessus. Je l'ai montré à Papa.

Il a fait la grimace.

– Encore un de ses chefs-d'œuvre pour son petit-fils préféré, sans aucun doute.

Je me sens un peu mal d'avouer ça, mais je ne peux pas dire que j'étais désolé qu'elle n'ait pas terminé ce pull. Je ne m'intéressais plus aux dinosaures depuis belle lurette. J'ai déposé ses aiguilles à tricoter sur la table basse, puis nous sommes restés assis en silence, à écouter le tic-tac de la petite horloge dorée.

Vers le quarante-sixième tic-tac, Papa s'est raclé la gorge.

– Ça va aller, fiston. Quoi qu'il arrive, on va s'en sortir, d'accord ?

J'ai fait signe que oui, cependant, en regardant sa jambe plâtrée de la hanche jusqu'à la cheville, je n'en étais pas trop convaincu. La personne la plus âgée de cette maison était quelqu'un qui s'était roulé dessus avec son propre fourgon postal.

On a regardé la télé toute la soirée. Vers 21 heures, je me suis rendu compte qu'on n'avait pas dîné. Comme je n'avais pas faim, j'ai laissé Papa au salon avec un paquet géant de chips à l'oignon pour monter réfléchir dans ma chambre. Après quelques réflexions, je suis allé faire pipi, j'ai brossé mes dents et j'ai fait un autre petit pipi pour la nuit parce que tout n'était pas sorti la première fois, puis je suis retourné dans ma chambre.

Bizarrement, au lieu de ma chambre, j'ai atterri dans celle de Grams. Assis sur sa couette fleurie, j'ai respiré son odeur. Lavande et berlingots à la menthe.

Je me suis rappelé ses rides toutes fines, son visage souriant et mon cœur s'est mis à me faire mal. J'ai ouvert le tiroir de sa table de nuit. Je voulais avoir quelque chose qui lui appartenait avec moi pour dormir. Peut-être que comme ça, je pourrais me sentir encore proche d'elle.

J'ai fouillé dans tout un tas de jeux à gratter. J'ai trouvé ses lunettes de lecture, son dentier de rechange et quelques bigoudis. Ce n'était pas le genre de souvenirs que je voulais, alors j'ai refermé le premier tiroir pour regarder dans celui du dessous. Il y avait l'un de ses mouchoirs en tissu, avec de petites fleurs violettes brodées. Je l'ai mis sur mon nez pour inhaler son odeur en fermant les yeux. Quand je les ai rouverts, ils étaient tout mouillés.

CHAPITRE 3

C'est là que je pleure pour de bon et que je reçois une lettre de Grams.

Le lendemain matin, M. Burnley est venu chercher Papa pour l'emmener en ville. Quand quelqu'un meurt, il y a une paperasse terrible à remplir pour que tout le monde sache que la personne est bien morte.

Papa devait déclarer le décès de Grams et récupérer son certificat de décès. Pour être tout à fait franc, je ne comprends toujours pas le but de décerner un certificat à quelqu'un qui est mort. Surtout quand la personne n'a même pas eu à faire tellement d'efforts pour l'obtenir. J'ai demandé à Papa s'il allait l'afficher au mur avec mon certificat de natation. (Ça, ça m'avait demandé un sacré effort.) Il a dit que non, parce qu'il fallait l'envoyer à la banque. Je ne sais toujours pas pourquoi la banque voulait le diplôme de mort de ma mamie.

Papa m'a suggéré de m'occuper pendant qu'il n'était pas là, pour ne pas être trop triste. Je me suis connecté à mon site préféré de recherche de faits, où j'ai appris que :

1. Les abeilles peuvent devenir ivres en butinant de l'alcool, mais quand elles retournent à la ruche, il y a des abeilles-videurs qui leur refusent l'entrée jusqu'à ce qu'elles soient de nouveau sobres. Ha – rigolo !
2. Les cygnes font partie de la famille des *Anatidae*. Le cygne tuberculé (comme ceux de la reine d'Angleterre) peut voler à 88 km/h. C'est la vitesse à laquelle Grams roulait, la fois où elle a percuté le monument aux morts.
3. Les cellules des enfants subsistent dans leur mère. On a retrouvé l'ADN des bébés imbriqué dans le cerveau, les os et les tissus du cœur de leur mère. Oh.

C'est là que j'ai arrêté de lire les faits. Je me suis aperçu que quand ma maman était morte, un petit bout de moi était mort aussi. Et quand Grams est morte, le dernier petit bout de ma maman est mort avec elle.

Je n'imaginais pas que des faits puissent me rendre triste. D'habitude, ils m'aident à me sentir mieux. Alors après ça, tout ce que je voulais, c'était m'enfoncer sous la couette et me couper du monde. Dans mon placard, je suis allé chercher un des pulls que Grams m'avait tricotés. Un jour, elle m'avait dit qu'elle me tricotait des pulls pour que j'aie toujours un câlin avec moi. À l'époque, j'avais trouvé ça bizarre et gênant mais là, plus que tout, j'avais besoin d'un de ses câlins.

J'ai choisi le beige avec l'ourson marron et les mots *La famille c'est le bonheur* brodés en dessous. Il est important de préciser que je ne l'aurais jamais porté en public. C'était plus un doudou en tricot. Ensuite, je me suis caché sous ma couette, j'ai sorti le mouchoir de Grams de sous mon oreiller et je l'ai humé à fond. Je ne suis pas très fort pour pleurer, mais j'ai eu l'impression que c'était un bon moment pour essayer. Je dois avouer qu'après plusieurs minutes à sangloter de tout mon corps, je me suis senti un peu mieux. Et puis j'ai commencé à avoir un peu chaud. On était en juillet et je portais un énorme pull en laine, sous la couette.

En repoussant la couverture, j'ai entendu les béquilles de Papa sur la moquette du palier. Il n'était plus monté à l'étage depuis l'accident.

La porte s'est ouverte et il a passé la tête dans ma chambre.

– Ça va, fiston ? a-t-il demandé avant de pointer une béquille sur moi. C'est un pull de ta Grams ?

– Voui.

– Ah, c'est bien. Ça t'aide à la garder avec toi ?

– Un peu. J'ai pris un de ses mouchoirs aussi. (Je le lui ai montré.) Il sent la lavande.

Avec un sourire de travers, Papa a saisi le mouchoir. C'est là qu'on s'est tous les deux rendu compte de mon erreur monumentale.

– Oh, Freddie, gros bêta ! s'est-il exclamé en éclatant de rire. Tu reniflais une culotte de Grams !

Je ne sais pas trop quoi ajouter à ce sujet à part que c'est arrivé, et que j'ai tourné la page. Quand Papa a retrouvé son sérieux, il s'est rappelé pourquoi il était monté ; son visage est devenu soudain très grave.

– Fred, j'ai quelque chose pour toi de la part du notaire.

Il a sorti une enveloppe de la poche arrière de son pantalon.

– C'est quoi ?

Ses yeux se sont embués de nouveau, alors j'ai dit :

– Tu savais que ce sont les Chinois qui ont inventé les enveloppes en papier, au deuxième siècle avant Jésus-Christ ?

Papa a répondu :

– C'est merveilleux, Fred.

J'ai trouvé ça bizarre, parce que de tous les faits que je lui avais donnés par le passé, je ne crois pas que celui-ci ait été plus merveilleux que les autres.

Il m'a tendu l'enveloppe avec mon nom dessus dans une écriture toute bouclée de vieille dame.

– C'est de la part de Grams.

– Mais elle est morte.

– Elle l'a écrite quand elle était vivante, pour que tu la lises quand elle serait morte.

Ça aussi, j'ai trouvé que c'était bizarre. Si elle savait qu'elle allait mourir, elle aurait dû en parler à quelqu'un. J'ai glissé mon doigt sous le rabat pour ouvrir l'enveloppe.

Cher Fred,

Mon petit soldat...

Je me suis arrêté là parce que j'avais l'impression que j'allais encore pleurer, alors j'ai ravalé mes larmes en respirant calmement.

Papa a passé un bras autour de mes épaules.

– Tu n'es pas obligé de la lire maintenant. Garde-la pour quand tu te sentiras prêt.

Puis il a tapé son plâtre avec sa béquille.

– Je dois aller m'allonger. J'ai affreusement mal à la jambe.

Je l'ai aidé à redescendre jusqu'au canapé du salon. Il avait la voix un peu aiguë quand il a dit :

– Tu sais, tu étais tout pour Grams. Et tu es tout pour moi aussi.

J'ai senti une bulle de tristesse gonfler dans ma poitrine, il valait mieux que je sois seul.

– Je crois que je vais remonter dans ma chambre. Tu as besoin de quelque chose avant ?

– Tu veux bien aller me chercher une canette et un paquet de chips, s'il te plaît ?

Je me suis exécuté, puis j'ai tapoté les coussins pour qu'il soit bien installé et je lui ai gratté le dos là où il n'y arrivait pas.

– Tu es un gentil garçon, Fred. Ta maman serait fière de toi.

Je n'ai jamais rencontré ma maman. Je ne connais pas le son de sa voix et je ne sais pas si elle sentait la lavande comme Grams ou une autre fleur. Je ne sais pas si elle savait rouler sa langue en tuyau comme moi je sais faire, alors que Papa n'y arrive pas, ni si elle a pu me voir avant de mourir.

En revanche, il y a une chose que je sais au sujet de ma mère, c'est qu'elle était facilement satisfaite.

Je veux dire : *vraiment* facilement.

J'ai laissé Papa dans son nuage de chips pour remonter dans ma chambre. Là, j'ai sorti du tiroir de mon bureau mon cahier des *Trucs que j'ai faits dont Maman aurait été fière.* J'y écris tout ce que j'ai fait dont mon père dit que ça aurait rendu Maman fière. Il y en a pas mal. Et aucun n'a été vraiment difficile. Mais j'aime quand même bien les lire. Voici quelques exemples pour que vous compreniez de quoi je parle.

Mon premier jour à l'école Sainte-Theresa

Tout ce que j'ai accompli ce jour-là, c'était manger des Frosties et enfiler mon uniforme. (Je n'ai même pas fait mes lacets, c'est Grams qui les a faits pour moi.)

Jouer dans le spectacle de Noël à l'école

Même pas un rôle parlant, je n'ai eu qu'à porter un gant de vaisselle en caoutchouc attaché à mon ventre comme un pis de vache et faire quelques « meuh » de temps en temps.

Apprendre à faire du vélo

Pour ainsi dire, tout le monde (sauf Charlie) a su faire du vélo avant moi.

Obtenir ma première image en maths, à 7 ans

Je n'avais appris que les tables de 2, 5 et 10. Ben connaissait la table de 7 alors que c'était vraiment difficile en CE1.

J'ai ajouté à ma liste « apporter à Papa une bière et des chips », et aussi le grattage de dos.

J'ai dû m'endormir sans m'en rendre compte parce qu'à mon réveil, j'avais le cahier collé à la figure par ma propre salive. Je l'ai décollé soigneusement. L'encre de quelques mots avait bavé, mais rien de grave. Je n'ai pas pu le croire quand j'ai regardé mon réveil robot qui affichait 20 heures ! J'avais raté l'heure du goûter. Il me faut mon goûter. Je suis en pleine croissance. Grams ne m'aurait jamais laissé rater l'heure du goûter.

Ensuite je me suis rappelé Grams.

Et juste après, je me suis rappelé la Lettre.

Je l'ai ressortie de ma poche de pantalon et j'ai ouvert l'enveloppe. Et là, j'ai remarqué que la Lettre n'était pas seule à l'intérieur. Il y avait aussi mon certificat de naissance.

CHAPITRE 4

Je devrais sûrement expliquer pourquoi mon certificat de naissance nous a propulsés, Charlie, Ben et moi, dans notre ÉTONNANT VOYAGE.

Grams et Papa n'en avaient jamais fait un secret. J'ai toujours su que Papa n'était pas mon père biologique. Mon père biologique avait quitté Maman alors qu'elle était enceinte de moi et elle avait rencontré Papa juste après. Quand elle est morte, à ma naissance, Papa est resté parce qu'avec Grams, ils étaient tout ce que j'avais. Un jour à l'école, j'ai entendu un des papas à la grille dire que c'était un miracle qu'il soit resté. Ça, je n'en sais rien. Je crois que, peut-être, c'est juste quelqu'un de très, très bien.

Je n'ai posé de questions sur mon vrai père qu'une ou deux fois jusque-là. Grams maintenait qu'elle ne savait rien de lui, même pas son nom. Si j'avais su qu'elle était une menteuse aguerrie, j'aurais sûrement insisté un peu plus. Papa, lui, avait l'air toujours si vexé que j'ai fini par arrêter d'en parler. Ça ne me dérangeait pas *tant* que ça, finalement. Pour être franc, je ne pensais à mon père biologique que quand Papa et moi nous disputions ou quand on n'avait pas assez d'argent pour acheter quelque chose, alors je me demandais si mon autre père était riche.

Or tout à coup, sorti de nulle part, voilà que j'avais mon certificat de naissance entre les mains. Et un nom.

Alan Grenouillet.

D'accord… pas un super nom.

J'ai évité de porter trop de jugements sur Alan avant d'avoir lu la lettre de Grams.

Cher Fred,

Mon petit soldat, si tu lis cette lettre, c'est sûrement que je suis morte.

Je t'ai laissé un peu d'argent sur un compte en banque pour tes dix-huit ans. Je devrais te conseiller de le dépenser pour payer tes études, mais je préfère te dire de le dépenser pour ce qui te rendra heureux. Et ce qui te rendra heureux, c'est de bonnes études qui te permettront de bien démarrer dans la vie. Ne me contredis pas.

Tu as probablement regardé ton certificat de naissance. J'aurais peut-être dû te le donner plus tôt. J'ai hésité à te le donner tout court. Mais en fin de compte, tu as le droit de savoir qui est ton père biologique. Tu pourras te faire ton propre avis à son sujet, si tu souhaites le rencontrer un jour. Je ne vais pas essayer de te monter contre ce bon-à-rien. Ton vrai père, Joe, c'est un homme bien. Il est devenu comme un fils pour moi. Il a été gentil avec Molly quand ce fourbe d'Alan l'a quittée. Joe t'aime, Freddie, de tout son cœur.

N'oublie pas de mettre ta petite laine en hiver. Les gâteaux ne sont pas un petit déjeuner sain et nourrissant. Rappelle à ton père qu'on sort les poubelles le mercredi.

Je t'aime, Freddie. Pour toujours.

Ne sois pas trop triste.

Bisou, Grams

J'étais triste.

Mais allongé sur mon lit, un nom ne cessait de me tourner dans la tête.

Alan Grenouillet.

Alan.

Grenouillet.

Al.

Grenouille.

J'ai essayé de le répéter plusieurs fois à voix haute, en espérant ressentir quelque chose.

Alan Grenouillet. Alan Grenouillet. Alan Grenouillet.

Ça n'a pas marché.

Son nom ne m'évoquait rien. Le certificat devant les yeux, j'ai pensé : *Qui es-tu, Alan ?*

Puis j'ai vu son lieu de naissance : Saint David's, pays de Galles.

Le pays de Galles ? Était-ce possible que je sois en partie gallois ? Je ne sais pas chanter, contrairement à tous les Gallois, et en plus, je suis nul au rugby.

Je ne me rappelle pas avoir pris la décision précise de le rechercher, pourtant je me suis retrouvé à taper *Alan Grenouillet* sur Google. Sans surprise, il n'y avait pas beaucoup de résultats. J'ai trouvé l'histoire d'un Alan Grenouillet qui s'était fait souffler l'oreille par une explosion pendant la Seconde Guerre mondiale. Ce n'était pas lui. Et il y avait un Alan Grenouillet aux États-Unis qui possédait le plus gros des gros orteils de tout le Texas. J'ai sorti mon pied de mon chausson Hulk pour vérifier, mais je dirais que mon gros orteil est légèrement plus petit que la moyenne. On pouvait barrer celui-là aussi. Le dernier Alan Grenouillet avait à peu près l'âge correspondant. Il y avait une photo noir et blanc pas très nette sur le site de l'entreprise où il travaillait. Il était indiqué qu'il était « analyste » pour une entreprise appelée Cardiff Analytics. À l'époque, je ne savais pas ce que ça voulait dire, alors j'ai cherché sur Google.

Un analyste est un professionnel chargé de rechercher, récolter et rapporter des ensembles de données et de sources d'informations.

En gros, ça signifiait qu'il travaillait sur des faits ! J'ai eu la même sensation dans le ventre que quand Grams conduisait trop vite dans la descente au bout de la rue.

J'ai essayé de trouver une ressemblance entre nous, mais je ne voyais pas grand-chose sur cette minuscule photo. La petite biographie en dessous de son nom indiquait qu'il était dans l'entreprise depuis sept ans et qu'il dirigeait une équipe de douze analystes. Et aussi qu'il adorait la marche à pied. J'étais trop content parce que moi aussi je savais marcher. Et qu'il aimait la natation. Moi, j'ai eu la médaille de bronze des techniques de survie et je peux nager les trois quarts d'une longueur sous l'eau (avec mes lunettes de plongée). J'étais convaincu. Les faits, la marche, et la natation : ça ne pouvait pas être une simple coïncidence. Je l'avais trouvé. Enfin, du moins en ligne.

J'ignore toujours d'où m'est venue l'idée de lui rendre visite pour de vrai. C'était peut-être l'été ennuyeux qui se profilait, ou je voulais éviter de rester à la maison à m'occuper de Papa et à penser à Grams. Ou alors je commençais à être préoccupé car ma famille s'était réduite à deux personnes. Et si Papa continuait à faire des trucs comme s'autorouler dessus, j'allais peut-être bien finir tout seul, et ça ne me plaisait pas du tout. En tout cas, une fois que l'idée s'est collée dans ma tête, j'ai su que je ne pourrais pas l'oublier. J'allais rencontrer mon père biologique.

J'ai ouvert la conversation groupée avec Ben et Charlie. Je savais que je n'irais pas très loin sans une bonne couverture ; j'avais besoin de leur aide.

F : Ça va ?

C : Vie pourrie : Maman a trouvé la réserve de gâteaux que je cachais pour le camp de la Faim.

B : Vie encore plus pourrie : Disney World = mon idée de l'enfer.

Il avait envoyé une photo de sa famille avec l'équipe de *La Belle et la Bête*, pendant leur dernière excursion aux vacances de Pâques. Becky était devant au milieu, les bras autour de Lumière. Je n'ai jamais vu un chandelier aussi ravi. Ben boudait dans le fond.

Leur apitoiement sur leur sort m'a énervé parce que c'était moi qui passais le pire moment. J'avais envie qu'ils se sentent mal alors j'ai écrit :

F : Ma vie est encore plus pourrie : ma Grams est morte.

J'ai regardé mon téléphone en me demandant ce qu'ils allaient répondre à ça. J'ai attendu un bon moment. Et puis :

C : Fred a gagné.

B : Oui. Ça c'est vraiment pourri.
Désolé, mon pote.
C : Je me sens mal maintenant. Ça va ?

Je me suis senti super coupable de leur avoir annoncé la nouvelle comme ça.

F : Oui, ça va.

Il y a eu une autre pause.

B : Sinon… je vous ai dit que Becky nous a déjà acheté des tee-shirts « I ♡ Mickey » à tous ?
C : Je vous ai dit que je vais devoir boire deux smoothies avocat-herbe de blé chaque matin pendant les vacances vegan ?
B : De l'herbe ? Euuuurk. Je crois qu'on a un nouveau concurrent pour la vie la plus pourrie.

C'est là que j'ai porté le coup de grâce.

F : Les gars, je vais au pays de Galles chercher mon père biologique.

Je ne leur avais jamais révélé que mon père n'était pas mon père biologique. Ce n'est pas que je le leur cachais, simplement on n'en avait jamais parlé.

C : Ton père biologique est gallois ?

Eh oui, c'est tout ce que Charlie a retenu du scoop.

C : Attends ! Ton père biologique ?

Nous y voilà.

F : Il est parti avant ma naissance. Mais je viens de le retrouver.

B : T'es sûr ? Il en pense quoi, ton vrai père ? Et comment tu vas y aller ? Je croyais qu'il ne pouvait pas conduire.

F : Papa n'est pas au courant. J'y vais tout seul. Ce week-end. J'ai besoin de vous pour me couvrir.

Mon téléphone a indiqué : *Charlie est en train d'écrire. Ben est en train d'écrire.*

J'ai retenu ma respiration en attendant.

Puis j'ai inspiré un grand coup parce qu'ils mettaient trop de temps.

F : Vous êtes là ?

Ils étaient sûrement en train de parler dans une conversation séparée, en se demandant quoi répondre. J'aurais bien voulu qu'ils se dépêchent.

C : Je viens avec toi. On va rigoler un peu avant les vacs vegan dans 2 semaines.

B : Moi aussi. J'en peux plus de Becky. Je veux faire une pause avant les US.

F : Vous êtes sûrs ?

Ouf. J'avais secrètement espéré qu'ils répondraient ça.

B : 👍 On ne part que dans 6 jours de toute façon.

C : Ouais.

F : Vous venez chez moi demain pour parler du plan ?

C : OK. 10 h ?

F : Oui.

B : À demain.

CHAPITRE 5

Où Ben, Charlie et moi élaborons un plan qui, avec le recul, aurait mérité un tout petit peu plus de réflexion

Je me suis réveillé au son de « Vive le vent d'hiver ». Papa a acheté une de ces sonnettes musicales qui est restée coincée sur cette mélodie. Il ne l'a toujours pas réparée parce que, selon lui, l'hiver reviendra avant qu'on ait le temps de dire « ouf ». Je crois que le temps passe plus vite quand on est adulte.

Papa a beuglé :

– Tu peux aller ouvrir, Fred ?

J'ai mis mes chaussons avant de descendre. Papa a tourné la tête depuis le salon.

– Salut, tête d'épis, je t'ai laissé dormir. J'ai pensé que tu avais besoin de récupérer.

Il m'a tendu un paquet de biscuits au chocolat. J'ai refusé. Qu'aurait dit Grams si je démarrais ma journée en mangeant des gâteaux ?

– Tu as vu ? a-t-il grommelé en hochant le menton vers la télé. Un petit plaisantin a volé deux bagues hors de prix juste sous le nez de Fiona Bruce.

– Qui ça ?

À l'écran, une femme à la dentition parfaite avait l'air très embêtée.

– La présentatrice de l'émission *Antiquités Show*, Fiona Bruce. Un escroc a piqué les bagues que cette pauvre dame avec le bonnet à pompon avait apportées, et tout ça devant les caméras ! Il a disparu sans laisser de traces.

Pour être honnête, je ne faisais pas trop attention à ce que racontait Papa. Les antiquités, c'est pas vraiment mon truc.

– Je vais ouvrir la porte.

Sur le seuil, Ben et Charlie se balançaient de gauche à droite en se tenant par les épaules.

– Et bonne année grand-mère ! ont-ils chanté pour terminer la chanson avant de faire la révérence.

Ben a retiré sa casquette de baseball pour faire la quête.

J'ai eu une bouffée d'émotion en les voyant, alors pour ne pas pleurer, j'ai dit :

– Vous saviez que c'est Joseph Henry qui a inventé la sonnette en 1831 ?

Et les larmes ont arrêté de me picoter les yeux.

Charlie a eu l'air épaté, lui.

– Non, je ne savais pas.

Ben ne s'est pas fait avoir par l'info sur les sonnettes. Il a demandé, avec une moue préoccupée :

– Tu vas bien, Fred ?

– Bien sûr que non, il ne va pas bien, il est en pleine crise.

Charlie m'a dépassé pour entrer dans le salon où Papa continuait de regarder le JT. À l'écran, il y avait une photo de deux anneaux en or, en forme de cygne, et le mot RÉCOMPENSE. Papa a coupé le son de la télé.

– Salut les garçons.

Charlie s'est éclairci la voix.

– Maman dit que je dois présenter mes condoléances, monsieur Yates. Pour votre… (Il a marqué une pause.) C'était qui pour vous, la Grams de Freddie ? C'était la maman de la maman de Freddie, c'est ça ? Donc la maman de votre petite copine décédée ?

Papa l'a regardé en clignant deux fois des yeux, puis il s'est tourné vers moi. J'ai haussé les épaules, qu'est-ce que je pouvais y faire ?

Charlie a réessayé :

– Monsieur Yates. Je suis très désolé que la mère de votre petite copine décédée soit décédée aussi.

Ses yeux sont tombés sur le biscuit au chocolat que Papa tenait sous sa bouche ouverte.

– Vous n'allez pas le manger ?

Papa lui a tendu le gâteau en articulant, très lentement :

– Merci pour tes condoléances sincères, Charlie.

– Mais je vous en prie, monsieur Yates.

– Comment va votre jambe, monsieur Yates ? a demandé Ben.

– De mieux en mieux, merci. Encore quelques semaines de plâtre.

– Maman dit qu'il faut être assez spécial pour se rouler dessus avec sa propre voiture, a lâché Charlie avec un grand sourire.

Ben lui a donné un coup de coude.

– Quoi ? C'était un compliment, a protesté Charlie.

Papa a soupiré.

– Comment va ta mère, Ben ? Avec tout ce qui s'est passé.

– Elle est partie vivre en Espagne. Elle veut être le plus loin possible de Papa et Becky. Elle ne comprend pas pourquoi Papa a attendu qu'elle le quitte pour devenir riche. Elle croit qu'il l'a fait exprès rien que pour l'embêter.

– Je vois.

Papa a passé une main dans ses cheveux qui sont restés en pétard, comme ceux d'un savant fou.

– Tu crois qu'on peut gagner 500 000 livres sterling à un jeu à gratter juste pour embêter quelqu'un ?

– Maman y croit, apparemment.

Comme j'avais envie de mettre au point notre plan, pas de bavarder toute la journée avec Papa, j'ai lancé :

– On monte dans ma chambre ?

Assis sur ma chaise à roulettes, Charlie a posé ses gros pieds sur mon lit.

– Donc tu as deux papas ?

– Oui. Mon vrai père et mon père biologique qui habite au pays de Galles.

– C'est où, le pays de Galles, en fait ? C'est une de ces îles entre ici et la France ?

Mme Walker a raison, Charlie devrait être plus attentif en classe. Ben l'a corrigé :

– Mais non, idiot. C'est le petit bout qui est collé à nous et qui ressemble à une tête de cochon.

– Ah, là ? Comment on va aller jusque là-bas ?

– En train, ai-je répondu en affichant le site des chemins de fer sur mon ordinateur. Sauf que c'est cher. Combien d'argent vous avez ?

Charlie a retourné toutes les poches de son baggy.

– J'ai quatre livres et seize pence.

– Ça ne suffira pas.

J'avais des économies dans ma tirelire Kermit. Je l'ai débouchée pour verser une pluie de pièces argentées et cuivrées sur la moquette. Ça avait l'air de faire beaucoup.

Ben affichait un sourire narquois. Je l'ai fusillé du regard.

– Quoi ?

– Mon pote, tu as une tirelire Kermit.

– Et alors ?

– Kermit la Grenouille ! Et tu découvres que ton père biologique s'appelle *Grenouillet*. C'est drôle, c'est tout.

Je ne trouvais pas ça drôle, cependant, même si je ne croyais pas aux signes à l'époque, j'ai pensé que c'en était un. Un signe, hein, pas un miracle.

Ça m'a tout de suite moins semblé un signe quand j'ai compté les pièces et que ça ne faisait que 8,53 £.

– On a en tout douze livres et quelques. On n'ira jamais au pays de Galles avec ça.

Je ne voulais pas être malpoli, mais j'ai quand même regardé Ben droit dans les yeux. J'avais *possiblement* misé sur sa participation financière depuis le début, en essayant toutefois de me montrer subtil. J'espérais l'amener à proposer son aide de lui-même.

Charlie, de son côté, n'a pas été aussi subtil. Il a poussé Ben du bout du pied en disant :

– Allez, Crésus, aboule le magot.

Ben a eu l'air mal à l'aise. Depuis que son père était devenu riche, il avait toujours peur que les gens se servent de lui. Mais c'est vrai qu'il reçoit plus d'argent de poche que Charlie et moi réunis.

– Il n'est pas obligé s'il n'a pas envie, suis-je intervenu, mais je ne le pensais pas.

Je faisais ce qu'on appelle un double bluff. Ou peut-être que ce n'est qu'un bluff simple, je ne sais pas trop.

– Allez, Ben. Sa Grams est morte, et moi j'ai toujours voulu aller au pays de Galles.

– Tu ne savais même pas où c'était il y a deux minutes.

Il y a eu un silence gênant et j'ai pensé que Ben n'allait pas payer, quand soudain il a déclaré :

– Bon, d'accord. Pardon, je veux dire : oui. Bien sûr que je vais mettre de l'argent.

– Je te rembourserai, promis.

Il faut noter que je n'ai pas précisé quand.

Une fois la question de l'argent réglée, nous avons mis au point notre couverture. J'ai suggéré qu'on prétende avoir gagné un voyage, mais ça paraissait trop compliqué. Charlie a pensé qu'on pouvait laisser un mot avec une demande de rançon et simuler un kidnapping, mais on a pensé que nos parents allaient se monter un peu trop la tête. Pour finir, on a opté pour l'idée de Ben : j'allais dire que je dormais chez lui. Ben dirait qu'il dormait chez Charlie et Charlie chez moi. Ben a conclu que c'était d'une simplicité géniale.

Au final, nos parents se sont montrés très cool. J'avais cru que Papa allait voir clair dans mon jeu parce que j'ai un visage très expressif. Mais quand j'ai annoncé : « Papa, je vais dormir chez Ben. Je reviendrai dimanche », il a répondu : « Où est passée la télécommande ? »

Aujourd'hui, après tout ce qui est arrivé par la suite, il m'oblige à lui laisser un itinéraire à chaque fois que je vais quelque part. Il a même regardé si c'était possible de me mettre une puce électronique comme Lady Gaga – la chienne, pas la chanteuse (dont je ne sais pas si elle a une puce électronique).

Ben, Charlie et moi on s'est mis d'accord pour se retrouver à l'arrêt de bus le lendemain matin à 8 heures. On a décidé de n'emporter que le nécessaire : un sous-vêtement de rechange et quelques en-cas pour la route. Je crois que j'avais prévu que mon nouveau papa, Alan, allait nous héberger et que nous ne serions absents qu'une nuit. Quand on me demande ce que je changerais si c'était à refaire, je réponds que j'emporterais plus de sous-vêtements. Plus de vêtements, tout court.

CHAPITRE 6

Je crois que c'est le début de notre ÉTONNANT voyage.

Avec toute l'excitation qui me tordait l'estomac, je me suis réveillé super tôt. J'ai essayé de me rendormir mais impossible. J'ai mis mon caleçon préféré dans mon sac. Je me souviens m'être dit que la prochaine fois que je le mettrais, j'aurais rencontré Alan Grenouillet. Un fait intéressant : les premiers sous-vêtements masculins, portés il y a 7 000 ans (!), étaient des pagnes en cuir. On ne porte plus de sous-vêtements en cuir de nos jours parce que la transpiration que ça provoquait sous la ceinture n'était agréable pour personne.

Je suis passé sur la pointe des pieds devant le salon où dormait Papa depuis l'accident. Il ronflait sur le canapé, le visage éclairé par la lumière bleue de la télé. Je savais que même si l'excitation me donnait la nausée, il fallait prendre un petit déjeuner. Alors j'ai sorti un paquet de gâteaux, puis je l'ai reposé en me souvenant de la lettre de Grams. À la place, j'ai opté pour un paquet de barres de céréales.

Juste après 7 heures, j'ai décidé que je pouvais me rendre à l'arrêt de bus à côté de chez Ben. Je ne savais pas si je devais réveiller Papa ou non. Je suis allé le regarder respirer. Il avait l'air si tranquille. J'ai voulu le serrer dans mes bras comme quand j'étais petit. C'était un moment chouette, jusqu'à ce qu'il se redresse brusquement et me donne un coup de béquille. J'ai eu tellement peur que j'ai fait un peu pipi dans mon caleçon.

J'ai hurlé. Il a hurlé. On a hurlé tous les deux.

– Fred ! Mais qu'est-ce que tu fabriques, bon sang ? J'ai cru que c'était un voleur !

– Je te regardais dormir !

– Saperlipopette, pourquoi tu faisais ça, fiston ? J'aurais pu faire une crise cardiaque.

– C'est toi qui menaces les gens avec tes béquilles !

– Fred, regarder quelqu'un dormir, c'est très flippant. Ne refais jamais ça.

Il n'avait pas tort.

– Je venais te dire au revoir. Je pars chez Ben.

Papa s'est frotté la barbe. Il avait l'air chaque jour de plus en plus bourru.

– Quelle heure est-il ?

– Sept heures passées.

– Par tous les joyaux de la reine, Fred. Qu'est-ce que tu fais debout si tôt ?

– Il n'est pas si tôt.

– Pour moi, si.

Il avait raison. Depuis son arrêt de travail, il se levait vers 11 heures la plupart du temps.

– Tu reviens quand ?

– Demain soir.

Il s'est étiré en bâillant comme un dinosaure enragé. Il bâille toujours super bruyamment.

– Sois gentil, fais-moi un thé avant de partir, tu veux ?

Quand je lui ai apporté son thé, il a déclaré que Maman serait fière de moi. Je n'ai pas eu besoin de le noter dans mon cahier parce que je l'avais déjà fait. Papa boit beaucoup de thé. En fait, je ne l'ai jamais vu ingérer que deux liquides : du thé ou de la bière.

– À plus tard, Papa.

– Amuse-toi bien. Et sois sage.

Je me suis arrêté sur le pas de la porte. Bizarrement, cet instant ne semblait pas assez solennel.

– Je t'aime. Je rentre bientôt, promis. Ne t'inquiète pas, d'accord ?

Il a froncé les sourcils.

– Tout va bien, Fred ?

J'en avais peut-être trop dit. J'étais seulement censé aller chez Ben. J'ai cru que je m'étais trahi, mais il a aussitôt ajouté :

– Pardon, tout ne va pas bien, évidemment. Je sais que Grams te manque beaucoup. Et l'été ne va pas être très passionnant pour toi, avec moi alité.

J'ai dû pincer les lèvres très fort pour m'empêcher de révéler que je fuguais au pays de Galles à la recherche d'Alan Grenouillet. D'habitude, je raconte tout à Papa. Mais là, si je lui avais confié que j'allais me trouver un père de secours, au cas où, il ne m'aurait peut-être pas laissé partir.

Et puis je ne pouvais pas me résoudre à lui faire mal.

J'ai été surpris de trouver Ben en arrivant à l'arrêt de bus. L'autocar ne passait que dans une demi-heure.

– Becky a voulu qu'on fasse un truc de méditation en famille. Il fallait que je sorte de là, m'a-t-il expliqué. Elle a forcé mon père à enfiler une tenue en Lycra.

J'ai fait la grimace. Croyez-moi, personne n'a envie de voir le père de Ben en combinaison moulante. Ben a ajouté :

– Tu vois le tableau. C'était un genre de justaucorps. Quand il a voulu s'accroupir, je suis parti.

Bien joué, Ben. Personne ne devrait avoir à subir ça.

– Donc ils ont bien cru que tu dormais chez Charlie ?

– Oh, oui ! Pour être franc, je ne crois pas que Papa m'écoutait. D'ailleurs, en parlant de Charlie…

C'est là que Charlie a débarqué avec un Mars dans chaque main et son oreiller hypoallergénique sous le bras.

– Un petit creux ? a demandé Ben.

– Je fais mes réserves avant le départ des Anderson pour le camp du régime salade.

Quand le bus est arrivé, Charlie avait déjà englouti ses deux barres chocolatées et nous étions entourés d'un troupeau de vieilles du club du 3e âge de Grams. J'avais peur qu'elles me demandent où j'allais, mais elles étaient trop enthousiastes à l'idée d'aller à leur cours de zumba pour me remarquer. Puis l'une d'elles, appelée Doreen, m'a reconnu. Après ça, elles ont passé tout le trajet à soupirer en me regardant avec leurs petits yeux ridés et tristes. Elles ont toutes répété que Grams était quelqu'un de merveilleux. Doreen, qui était particulièrement loquace à son sujet, nous a donné à chacun 20 pence en nous recommandant de ne pas tout dépenser d'un coup. Je me suis souvenu des propos moins élogieux de Grams au sujet de Doreen. Elles s'étaient disputé un jambon en promo au supermarché. Je crois que Grams avait dit quelque chose comme : « Celle-là, elle boirait le thé avec le diable. »

Quand on est arrivés à la gare, j'ai commencé à être *méga stressé*. Papa était à la maison avec une seule jambe valide et personne pour lui apporter ses tasses de thé. Je ne me montrais pas très responsable, comme fils. En fait, j'avais l'impression de le trahir.

Quand j'en ai parlé, Ben a déclaré avec dédain :

– Ton père peut survivre vingt-quatre heures sans boire de thé.

Puis il nous a demandé de l'attendre près des poubelles et de ne pas nous éloigner pendant qu'il allait acheter les billets. Il a été très efficace. Je crois qu'il était content de prendre les choses en main pour une fois. J'aurais bien protesté, mais j'ai senti que c'était une mauvaise idée de vexer *le porte-monnaie*.

Monter dans le bon train s'est effectué sans embûches, sauf quand Charlie est resté coincé dans les portes. Il a fait tomber son billet par terre et s'est retrouvé aplati entre les barrières automatiques. L'employé a dit : « Je n'ai jamais vu ça en treize ans de carrière ! » Charlie a eu l'air assez fier.

Une fois le train démarré, le *méga stress* est revenu encore plus fort.

– On devrait peut-être descendre à la prochaine gare, faire demi-tour et rentrer.

Ben n'a pas du tout apprécié cette idée. Il a fait sa voix super stricte :

– Non, on va à Cardiff. Tout ne tourne pas toujours autour de toi, Freddie.

Je n'ai pas trop compris, parce que je croyais qu'on y allait pour moi. Mais en fait, je pense que Ben voulait s'éloigner de sa famille autant que moi je voulais me rapprocher de la mienne.

CHAPITRE 7

Où nous trouvons Cardiff Analytics – vous ne pensiez pas qu'on y arriverait, hein ?

À peine arrivés à Cardiff, nous sommes allés au *Burger King* parce que Charlie avait besoin de se remonter le moral : il avait oublié son oreiller hypoallergénique dans le train. Selon lui, c'était parce que sa glycémie avait baissé dangereusement. Comme la faim le rend horriblement grognon, nous avons décidé de vite lui trouver à manger. Il a commandé un menu Whopper avec un terrible accent qui nous a sidérés, Ben et moi.

La fille avec les sourcils dessinés au feutre au comptoir n'a pas eu l'air trop épatée. Elle a lancé :

– Vous vous moquez de moi ?

– Désolé, s'est excusé Ben, c'est parce qu'il est un peu surexcité.

Une fois assis à notre table, on a demandé à Charlie pourquoi il avait fait ça.

– J'ai une très bonne oreille pour prendre les accents.

– On est là depuis moins de cinq minutes.

– Qu'est-ce que tu veux que je te dise ? C'est un don.

J'avais découvert que Cardiff Analytics se situait non loin de la gare à pied. On a suivi le petit bonhomme bleu du GPS sur nos portables et, vingt minutes et une halte pipi plus tard, nous nous sommes retrouvés devant la porte tambour du bureau d'Alan Grenouillet. Je n'arrivais pas à croire que ça ait été aussi facile. Je commençais à envisager une carrière de détective privé.

– Tu es prêt ? a demandé Ben.

– Oui, ai-je dit, même si je n'en étais plus trop certain.

Mon corps entier tremblait de nervosité.

Ben a dû le remarquer parce qu'il a ajouté :

– Tu veux qu'on vienne avec toi ?

Je voulais bien, mais j'ai répondu :

– Non, ça va aller.

Parce que j'ai pensé qu'il valait sûrement mieux que je fasse ça tout seul. Et on n'était pas sûrs que Charlie ne refasse pas le coup du terrible accent gallois.

– Bonne chance, Fred, a soufflé Ben avec une expression tellement sérieuse que ça m'a rendu encore plus nerveux.

Charlie m'a serré dans ses bras. Il sentait vaguement le cornichon et le ketchup.

– *Aye Aye !* Tu vas être top, a-t-il dit avec un accent irlandais.

Son oreille à accents n'était pas affutée au point de faire la différence entre gallois et irlandais.

Je me suis engagé dans la porte tambour très lentement. Ben et Charlie m'ont fait signe pendant tout le temps, même quand c'est devenu gênant de continuer à faire signe. Ils ne se sont arrêtés que quand je me suis retrouvé dehors après un tour complet.

– Qu'est-ce que tu fabriques ? a demandé Ben, bras croisés.

– *Aye Aye !* Il a flippé ! s'est écrié Charlie.

Charlie avait raison. Le doute s'emparait de moi. Et si Alan refusait de me rencontrer ? Qu'est-ce que je ferais ? Je ne pensais pas pouvoir supporter un nouveau choc émotionnel.

Ben a désigné la porte.

– Retournes-y. Ces billets de train m'ont coûté 54 livres.

Je n'étais pas sûr d'apprécier cette nouvelle facette autoritaire de Ben, mais il n'avait pas l'air de vouloir rigoler, alors je me suis exécuté. Avant de recommencer à avancer lentement dans le tourniquet, je l'ai entendu s'époumoner :

– T'inquiète pas, mon pote, il va t'adorer !

J'espérais vraiment qu'il avait raison.

Dans le hall du bâtiment, un vigile doté d'une imposante moustache m'a toisé de la tête aux pieds, avant de bougonner :

– C'est pas la cour de récré ici.

Ça m'a paru bizarre puisque ça se voyait qu'on n'était pas dans une cour de récré.

Je me suis pressé jusqu'à l'accueil où une dame avec une grosse figure et une bouche encore plus grosse faisait cliqueter ses longs ongles pailletés sur un clavier d'ordinateur. À ma vue, elle a souri avant de demander d'une voix mécanique :

– Bonjour, en quoi puis-je t'aider ?

Mais ses yeux disaient : « Qu'est-ce que tu viens faire ici, sale gosse ? »

J'ai bombé le torse pour avoir l'air sûr de moi.

– Je suis là pour voir Alan Grenouillet.

– Comment ça s'écrit ?

– A, L, A…

– Je voulais dire Grenouillet. Un N, ou deux ?

– Un seul. G, R, E, N, O, U, I, L, L, E, T.

Ses ongles à paillettes ont cliqueté de plus belle sur le clavier. À sa façon de marteler les touches, elle avait l'air énervée que j'aie pensé qu'elle ne savait pas écrire Alan.

– Je suis désolée, nous n'avons pas d'Alan Grenouillet chez Cardiff Analytics. Est-ce que je peux faire autre chose pour toi ?

Mon torse bombé s'est dégonflé d'un coup.

– Vous en êtes sûre ? Vous avez correctement écrit Alan ?

Elle m'a fixé pendant une minute entière sans cligner des yeux, puis elle a déclaré, d'une voix étonnamment joyeuse :

– Il n'y a pas d'Alan, A, L, A, N, Grenouillet chez Cardiff Analytics.

– Mais il est sur votre site.

– Je suis désolée, il n'y a pas d'Alan Grenouillet.

– Il aime marcher et nager.

Elle a souri de nouveau.

– Est-ce que je peux faire autre chose pour toi ?

– Mais le site dit qu'il travaille ici… sur Internet. Je l'ai vu !

J'avais crié sans faire exprès. La grosse tête n'a pas flanché.

Avec un sourire un peu plus pincé, elle s'est contentée de répéter :

– Je suis désolée, nous n'avons pas d'Alan Grenouillet chez Cardiff Analytics. Est-ce que je peux faire autre chose pour toi ?

– Mais j'ai fait tout le chemin depuis Andover.

C'est là que la grosse tête à ongles à paillettes a craqué. Elle s'est penchée vers moi pour me souffler :

– Maintenant écoute-moi bien, espèce de petite vermine. J'ai dit qu'on n'avait pas d'Alan Grenouillet ici. Alors tu vas me lâcher la grappe et déguerpir immédiatement.

Je n'ai pas bougé parce que j'étais sous le choc. Ça n'était pas censé se passer comme ça.

– Allez, ouste ! a-t-elle fait avant de se tourner vers le vigile. Nigel, faites-le sortir.

Le moustachu s'est avancé vers moi. Je savais que si je ne partais pas, j'allais avoir des problèmes, toutefois je n'étais pas certain que la grosse tête dise la vérité. J'avais fait tout le chemin jusqu'à Cardiff, j'avais même réussi à passer la porte tambour. Soudain, l'idée de m'en aller sans rien savoir au sujet d'Alan m'a fait réagir.

J'ai songé à tenter une percée et courir dans les couloirs en hurlant le nom d'Alan. Je devais avoir l'air déterminé parce que Nigel s'est jeté sur moi pour me saisir le bras avant que je puisse pousser mon premier « Alan Grenouillet, où es-tu ? ».

– Je me charge de toi, a grogné le vigile.

Et puis il m'a carrément soulevé du sol !

– Vous n'avez pas le droit !

– On dirait bien que si.

J'avais beau pédaler dans le vide comme un malade, ça ne l'a pas arrêté. Lui, il était déterminé à me porter jusqu'à l'extérieur.

J'ai regardé dehors pour avoir le soutien de mes copains : ils étaient en train de se battre au sabre laser avec des bâtons et n'ont rien remarqué. La panique m'a envahi. Cardiff Analytics était ma seule piste pour retrouver Alan Grenouillet… ils ne pouvaient pas me jeter dehors ! Il fallait faire quelque chose.

– Allez, du balai.

Nigel m'a poussé dans la porte tambour.

– Non ! ai-je protesté.

Je ne suis pas fier à cent pour cent de ce que j'ai fait ensuite. Je me suis jeté au sol pour lui attraper la jambe en suppliant :

– Je ne partirai pas sans avoir d'infos. Quelqu'un doit bien savoir quelque chose ! S'il vous plaît, dites-moi !

Apparemment, avec une bonne motivation, je suis capable de hurler assez fort.

Nigel essayait de se débarrasser de moi en secouant la jambe, mais j'ai tenu bon. Grams disait toujours que quand j'avais une idée en tête, je pouvais me montrer très obstiné.

– Lâche-moi, enfin !

– Pas avant que vous m'ayez révélé la vérité. Où est-il ? Que cache cette entreprise ?

Même quand Nigel s'est mis à sautiller dans le hall, je n'ai pas lâché prise.

– Je ne partirai pas sans savoir ce qui est arrivé à Alan Grenouillet. Je vous en supplie.

La grosse tête avec les ongles manucurés s'est soudain mise à brailler :

– Ça va aller, Nigel ? Vous voulez que j'appelle la sécurité ?

– C'est moi la sécurité, Tiffany. Je crois pouvoir gérer un gamin perturbé, tout de même.

Je me suis un peu calmé. Et si je n'étais qu'un gamin perturbé ? Peut-être avais-je commis une erreur monumentale ? Peut-être que je m'étais trompé sur toute la ligne ?

J'en étais là dans mes réflexions quand Nigel a arrêté de sautiller pour demander :

– Tu as dit Alan Grenouillet ?

J'ai levé la tête vers lui.

– Oui, Alan Grenouillet, qui aime marcher et nager… où est-il ?

Il m'a observé un instant.

– Je connaissais Alan Grenouillet. Il est parti il y a plus de deux ans. Pour raisons personnelles.

– Ah bon ?

J'étais en train de parler à quelqu'un qui connaissait mon père biologique pour de vrai.

– On n'était pas copains ni rien, mais oui, je connaissais Al.

– Al ? Il se fait appeler Al ?

J'ai lâché la jambe de Nigel et glissé par terre.

– Où est-il parti ?

Nigel s'est accroupi à côté de moi. Il avait un regard gentil.

– Qu'est-ce qui se passe, mon grand ?

Pour éviter d'entrer dans les détails très importants, j'ai juste dit :

– Je dois le trouver, c'est tout.

– Je crois qu'il est rentré chez lui.

– Vous savez où ?

Nigel s'est caressé la moustache.

– Désolé, petit.

Il n'avait pas besoin d'être désolé, parce que j'avais déjà tout compris. J'avais vu le lieu de naissance d'Al sur mon certificat : chez lui, je savais où c'était. Je me suis relevé d'un bond.

– Merci, Nigel.

– Hé, mon garçon, ça va aller ? a-t-il lancé alors que je m'éloignais.

– Oui, Nigel. Ça va aller. Beaucoup mieux.

Et puis je me suis retourné tout à coup.

– Est-ce qu'il me ressemble ?

Nigel a froncé les sourcils avant d'opiner :

– Oui, fiston, un peu.

J'ai senti mon cœur frémir dans ma poitrine.

Quand je suis sorti du bâtiment, Charlie et Ben ont baissé leurs armes.

– C'était rapide.

– Il n'est pas ici. On s'en va.

Ils ont échangé des regards inquiets.

Mais j'étais trop motivé pour m'en inquiéter, alors j'ai dit :

– Ne restez pas plantés là, suivez-moi !

– Pourquoi ? On va où ? a demandé Charlie.

– À Saint David's. Le lieu de naissance d'Alan Grenouillet.

CHAPITRE 8

Notre voyage vers Saint David's se poursuit (avec un détour par Barry pour une sombre histoire d'oignons).

Comme aucun de nous ne savait où se trouvait Saint David's, j'ai cherché sur mon téléphone.

– Apparemment, Saint David's est le village le plus à l'ouest du pays de Galles. C'est le lieu de l'ultime repos de saint David, le saint patron du pays de Galles.

Charlie a sorti de sa poche arrière un paquet de chips de bacon mais il a marqué une pause avant de l'ouvrir.

– À votre avis, quelles sont les chances d'être enterré dans un endroit qui porte votre nom ? Moi, ça me donne envie de me tenir à l'écart de tout endroit nommé Saint Charlie.

– Je pense que le lieu a été nommé *après* qu'il a été enterré là, crétin, a corrigé Ben.

Charlie a mis un bacon grillé dans sa bouche avant de le retirer pour dire :

– Donc il est toujours là-bas, ce saint David ?

– Je ne sais pas, sûrement. On n'a qu'à aller voir, ai-je suggéré en prenant la direction de la gare d'un pas décidé.

– Tu as l'air gonflé à bloc, a noté Charlie en me courant après.

– Je suis gonflé à bloc.

– Comment tu comptes payer les billets, Fred ? a questionné Ben.

Ça m'a totalement dégonflé. Évidemment, je ne pensais pas que j'allais payer, je pensais *qu'il* allait payer.

– J'espérais que…

Il m'a interrompu avant que je commence à le supplier.

– Parce que moi, je n'ai plus de liquide.

– Où est passé tout l'argent ?

– Dans vos estomacs. Je n'avais amené que 80 livres ; presque tout est parti dans les billets pour Cardiff, le déjeuner et les en-cas. Beaucoup d'en-cas.

Mauvaise nouvelle.

– Combien il nous reste ? On va voir jusqu'où on peut aller avec.

– Environ 11 livres.

Ça ne faisait pas beaucoup.

– Qu'est-ce qu'on va faire ? a demandé Charlie à son bacon.

Alors j'ai posé mes mains sur mes hanches.

– Le bus c'est moins cher. On peut essayer d'y aller en bus.

Voilà à quoi se résumait le plan : prendre un bus pour Saint David's.

On n'a pas mis longtemps à trouver un arrêt de bus. On ne savait pas quelle ligne emprunter, mais je me disais qu'il suffirait d'attendre le premier qui passerait pour voir où il allait. J'espérais que, par miracle, ce serait un direct, or mon miracle ne s'est pas produit à Cardiff.

Au moment où Charlie finissait son paquet de bacon, le bus 96A est arrivé et a ouvert ses portes.

– On veut aller à Saint David's, monsieur le chauffeur, ai-je déclaré.

– Vous n'irez pas à Saint David's par ce bus.

– Il va où, ce bus ?

– Moi, j'emmène ce bus jusqu'à Barry.

– Et où va Barry après ?

– Barry ne va nulle part, mon gars ! Barry est une ville.

Charlie s'est rapproché :

– Est-ce que ça s'appelle comme ça à cause de quelqu'un qui s'appellait Barry ?

– Peut-être, a estimé le chauffeur de bus.

– Il est encore enterré là-bas lui aussi ?

– Bon, j'ai une journée chargée, avec la foire de Barry. Vous montez ou pas ?

– Ça dépend, ai-je hésité. Est-ce que Barry nous rapproche de Saint David's ?

– Je pense…

– Dans ce cas, trois tickets pour Barry, s'il vous plaît, monsieur.

J'ai gigoté pendant tout le trajet. Grams aurait dit que je me tortillais comme un asticot, mais je n'arrivais pas à apaiser mes méninges. Je n'arrêtais pas de penser à ce que j'allais dire à Alan quand je le rencontrerais. Si je le rencontrais. Parce qu'il n'y avait aucune garantie que j'allais bel et bien le trouver. Pourtant je crois que j'avais déjà commencé à l'imaginer comme un papa de remplacement. En cas d'urgence. Mais ce n'était probablement pas la chose à dire. Personne n'a envie d'être sur le banc des remplaçants. Peut-être ne voudrait-il pas être sur le terrain non plus ?

En toute franchise, ma tête était un vrai champ de bataille et je n'avais toujours rien éclairci à notre arrivée à Barry Docks, le terminus.

La journée était ensoleillée finalement. En regardant les petits bateaux sur l'eau, le brouillard dans mon esprit s'est dissipé. Je me suis senti un peu plus optimiste, malgré notre situation financière. Le trajet de Cardiff à Barry nous avait coûté cinq livres. Ça aurait dû être plus, mais Ben avait marchandé avec le chauffeur en lui promettant qu'on nettoierait tous les déchets qui traînaient par terre. Il a un sacré esprit d'initiative. Cependant, même avec la ristourne, je savais qu'on aurait du mal à aller plus loin sans argent. C'est pourquoi nous avons eu de la chance que Charlie dégote un tract caché sous un exemplaire froissé de *La Gazette de Barry*.

– Je pourrais le faire, a-t-il déclaré en agitant le tract.

– Faire quoi ? a demandé Ben.

– Ça. Je pourrais gagner facilement.

J'ai lu le papier à voix haute :

– Concours annuel du plus rapide mangeur d'oignon cru de Barry : le temps fort de la foire de Barry.

– Je ne suis pas doué à la course, ni au foot, je ne sais même pas très bien nager, mais ça… ça, je pourrais le remporter.

Les yeux écarquillés d'enthousiasme de Charlie m'ont fait penser qu'en effet, c'était possible.

Ben a reniflé.

– Mangeur d'oignon cru ? Qui a envie de manger de l'oignon cru ?

– Quelqu'un qui veut gagner 50 livres, ai-je répondu.

Ça a piqué son intérêt au vif.

– Sans blague. Cinquante livres pour manger un oignon ?

– Les oignons sont une excellente source de vitamine C. Ils sont de la même famille que le poireau, la ciboulette et l'ail, ai-je énuméré parce que je venais de me rappeler ces faits.

– Les légumes aussi ont une famille ? a demandé Charlie.

– Ben oui, regarde-toi, a lancé Ben avec un grand sourire.

J'ai relu le tract.

– Ils disent que pour gagner, il faut manger un oignon cru plus vite que les autres concurrents. Tu penses vraiment en être capable, Charlie ?

Il a haussé les épaules.

– C'est comme si c'était fait. Je suis né pour ça.

Le chauffeur du bus, qui était en train de se griller une cigarette au soleil (malgré mon avertissement passionné concernant les 5 000 produits chimiques qu'il inhalait), a dû nous entendre, parce qu'il a dit :

– Manger des oignons crus n'a rien de facile.

Ben a répondu :

– Sans vouloir vous manquer de respect, monsieur le chauffeur de bus, mais sans rire… ça ne peut pas être si *difficile que ça* ?

En fait, si.

En marchant des docks jusqu'au parc, on s'est aperçus que les gens de Barry prenaient la foire de Barry très au sérieux. L'endroit grouillait de monde. Des fanions pendaient à tous les réverbères, nous avons dépassé trois camions de glaces et une fanfare de vieux barbus qui jouaient de la musique country sur des banjos. Pour une raison qu'on n'a toujours pas comprise à l'heure qu'il est, tous les arbres et panneaux de signalisation étaient habillés de pull-overs colorés.

Nous avons suivi la foule jusqu'à l'endroit du concours d'oignons. Charlie restait admirablement sûr de ses capacités, et ce malgré la présence d'un homme gigantesque qui arborait des bottes de cow-boy et une énorme ceinture (le genre que portent les champions de boxe). Mais à la place des logos de boxe, trois oignons métalliques décoraient le ceinturon. Plus tard, on a découvert qu'il s'appelait Trev le Colosse et que c'était le champion incontesté de la compétition.

Une estrade avait été installée au milieu de la pelouse. On a dû payer 50 pence chacun et donner nos noms à une dame qui portait un tee-shirt avec écrit sur le devant : *Que fait-on avec des oignons et des haricots blancs ?* J'y ai réfléchi un moment. Quand la dame s'est retournée, on a lu la réponse inscrite au dos : *Des gaz lacrymogènes*. On a tous trouvé ça très drôle.

En attendant le début du concours, on a fait le tour des stands. Ben et moi avons refusé tous les échantillons gratuits à base d'oignon afin de garder le ventre vide pour la compétition.

– C'est stupide de se remplir l'estomac à l'avance, a dit Ben.

Charlie n'était pas du même avis. Il s'est jeté dessus. Il a goûté confitures, chutneys, marmelades, gelées d'oignons. Et même une glace saveur oignon. Je pensais qu'il était en train de saborder toutes ses chances, mais en fin de compte, il avait eu une bonne idée. Tous ces échantillons ont eu un double effet positif :

1. Ses papilles étaient acclimatées à l'oignon.

2. Son estomac était tapissé et donc protégé.

Ben et moi, quant à nous, devions découvrir plus tard la dure réalité : les mangeurs d'oignons professionnels ne concourent jamais le ventre totalement vide.

Après le tour des stands, nous avons jeté un œil aux candidatures du concours d'épouvantails qui serait le temps fort du dimanche. Je m'attendais à ce que ce soit assez ringard, alors qu'au final c'était plutôt cool. Il y avait un épouvantail Bob l'Éponge, un autre censé être un type appelé Tom Jones, qui est apparemment un célèbre chanteur gallois. Notre préférence allait aux trois épouvantails déguisés en super-héros. On a fait un selfie devant Spider-Man, Batman et Supergirl.

Après ça, on a écouté un vieux qui jouait du piano. Il s'appelait Piano Pat, il était assez marrant. Il remplaçait des paroles de chansons connues par des paroles sur les oignons. Par exemple, « Poker Face » de Lady Gaga devenait « Face d'Oignon ». C'était à mourir de rire. On n'a pas mis longtemps à chanter avec lui à tue-tête. Les Gallois savent vraiment s'amuser.

À la fin, le silence est retombé sur la foule, puis un groupe de gens très sérieux est apparu sur scène pour disposer des oignons sur des tables à tréteaux. Je n'avais jamais rien vu de tel. Ils étaient monstrueux. Les oignons, pas les gens. Ben m'a donné un coup de coude et Charlie est resté bouche bée pendant que je me demandais dans quoi on s'était fourrés.

– Cinquante livres ou non, je ne vais jamais réussir à avaler un oignon cru de la taille d'un ballon de foot, ai-je dit.

Ben a émis un long sifflement.

– Je n'ai jamais vu d'oignons comme ceux-là.

Charlie a fait craquer son cou d'un côté, puis de l'autre, puis ses articulations.

– Pas de souci, les gars, je m'en charge.

On a tous poussé un immense soupir de soulagement quand Piano Pat a expliqué que le concours du plus gros oignon allait commencer. Après une délibération sans fin pour départager l'oignon de Dyllis (plus grand en taille) de celui d'Eric (plus gros en poids), le jury a déclaré un match nul plutôt décevant.

Puis Piano Pat a repris le micro pour inviter tous les concurrents de l'épreuve tant attendue du mangeur d'oignon à monter sur scène.

Charlie a roulé les épaules en sautillant sur place.

– Allons-y ! J'ai envie de manger de l'oignon !

On l'a suivi avec un enthousiasme moins débridé.

Il y avait trois rangées de tables. Trev le Colosse s'est assis au milieu du premier rang, sur un siège spécial qui avait été décoré d'oignons en plastique doré pour lui donner des airs de trône royal. Nous étions au dernier rang avec les autres mangeurs d'oignons débutants. Une femme est venue déposer une assiette en carton devant chaque candidat. Une autre la suivait les bras chargés d'un panier pour déposer un oignon pelé dans chaque assiette.

Sur ma gauche, Ben a commencé à faire la conversation à son oignon. Il n'arrêtait pas de répéter :

– Tu n'es qu'un oignon, je peux te manger. Pour 50 livres, je peux te manger.

Je crois que l'oignon n'était pas plus convaincu que moi. J'ai pris le mien pour le humer, histoire de savoir à quoi je me frottais, mais la dame au panier m'a tout de suite réprimandé.

– On ne touche pas jusqu'à la fin de la fanfare !

J'ai tourné les yeux dans la direction qu'elle désignait pour découvrir que la fanfare se constituait de Piano Pat armé d'une trompette décorée d'un petit drapeau. Avec un oignon brodé dessus. Barry s'était vraiment lâché pour l'occasion.

Après un solo de trompette relativement long, les petits scouts de Barry, munis de chronomètres, se sont alignés derrière chaque concurrent.

– Compétiteurs, veuillez lever votre oignon, a déclaré Piano Pat. Mais ne commencez à manger qu'à mon ordre.

– C'est quoi l'ordre ? a demandé Ben.

Pat lui a lancé un regard noir.

– L'ordre, c'est de manger.

Trev le Colosse a dû mal comprendre parce qu'il a croqué dans son oignon. La foule a eu une exclamation d'horreur. Charlie et moi on s'est regardés. Quelque chose de terrible venait de se produire.

Pat a soufflé furieusement dans sa trompette.

– Disqualifié !

Trev le Colosse s'est levé d'un bond en hurlant :

– Vous avez dit de manger !

– Non.

– En fait si, a lancé Ben qui avait l'air de bien s'amuser.

– J'expliquais la procédure parce que *tu* me l'as demandé, a protesté Pat en agitant la trompette vers lui.

– Ce n'est pas ma faute. J'ai posé une question légitime. C'est lui qui a croqué dans son oignon. Personne ne l'a forcé.

Trev le Colosse s'est retourné d'un coup vers Ben. L'atmosphère sur scène devenait considérablement tendue.

– Je suis le champion en titre du concours du mangeur d'oignon cru de Barry.

– Plus maintenant en tout cas, a rétorqué Ben, l'air de rien.

J'étais convaincu que Trev le Colosse allait l'aplatir.

Mais non. Désespéré, il a fait volte-face pour implorer la clémence de Pat.

– Je ne peux pas avoir un autre oignon ?

– Tu connais le règlement.

Trev le Colosse s'est effondré sur son trône.

– Non. Non. Non. Impossible. J'allais gagner pour la quatrième année consécutive… Une première depuis que le concours existe.

Pat lui a tapoté l'épaule.

– Allez, viens, mon gars, ne te donne pas en spectacle. Personne ne déroge au règlement. Tu as croqué dans ton oignon avant l'ordre. Maintenant, descends de la scène, s'il te plaît.

Des murmures parcouraient l'assemblée. Trev le Colosse semblait sur le point d'exploser. On a entendu quelques « Donne-lui une seconde chance, Pat ». Pat est resté intraitable. Pour finir, Trev le Colosse a retiré sa ceinture de champion, l'a embrassée et l'a posée sur la table. Puis il a salué lentement la foule avant de quitter la scène, non sans avoir signifié à Ben qu'il allait lui trancher la gorge.

Alors qu'un silence gêné retombait sur le concours, Ben a murmuré à Charlie :

– À toi de jouer, maintenant. Ton principal adversaire est hors jeu.

Puis il s'est penché vers moi pour ajouter :

– Les 50 livres sont dans notre poche.

À ce jour, je ne sais toujours pas si Ben avait planifié le sabotage de la tentative de record de Trev le Colosse. Je ne l'en aurais pas cru capable.

De son côté, Charlie faisait quelques mouvements d'échauffement de dernière minute. Je me suis alors aperçu d'une chose : la poursuite de notre voyage pour retrouver Alan se jouait entièrement dans la faculté de Charlie à manger un oignon plus vite que les habitants de Barry. Pour être tout à fait honnête, ce n'était pas la perspective la plus rassurante.

CHAPITRE 9

C'est là qu'on mange tous des oignons crus. Je vous le dis tout de suite : l'oignon, ça pue !

Je ne suis pas un fan de légumes à la base, donc croquer dans un oignon allait de toute façon être un défi. J'avais déjà mangé de l'oignon cru une fois, sans faire exprès. Il se cachait dans une assiette de langoustines. Il était rouge et je ne savais pas ce que c'était. Ça avait gâché mon repas au restaurant, du coup j'avais juré de ne plus jamais manger d'oignon cru de ma vie. Pourtant, voilà que je me retrouvais sur une estrade au pays de Galles, nez à nez avec une sphère blanche et brillante. J'étais prêt à tenter le coup pour pouvoir payer le bus jusqu'à l'endroit où reposait saint David. Et, avec un peu de chance, jusqu'à Alan Grenouillet.

Pat a ordonné :

– Compétiteurs, levez votre oignon.

Ben a cogné son oignon contre le mien en disant :

– Bon appétit.

J'ai dégluti. Ma bouche savait à quoi s'attendre car elle a commencé à produire beaucoup de salive.

Pat s'est incliné devant nous avant de se tourner vers le public en beuglant :

– Mangez !

Personne n'a bougé, de peur d'avoir mal entendu.

Pat a dit :

– Eh bien, qu'attendez-vous ? Allez-y, mangez !

Puis il a soufflé dans sa trompette. C'était parti !

J'ai pris une grande inspiration, fermé les yeux et plongé mes dents dans l'oignon. Pendant une fraction de seconde, ça s'est bien passé. En fait, la première bouchée a été plutôt agréable. Mais alors que je mastiquais, j'ai eu de plus en plus chaud au nez et ma langue s'est mise à piquer. Puis à palpiter. Puis mes lèvres aussi. Ensuite, j'ai commencé à transpirer à grosses gouttes. Ma vision s'est brouillée à cause de mes yeux pleins de larmes. Mon nez coulait. La salive s'accumulait au coin de ma bouche. Mon corps fuyait de partout !

C'est un fait connu : le corps d'un enfant est constitué en moyenne à 65 % d'eau. Je pense qu'à la moitié de ma première bouchée d'oignon, j'étais descendu sous 35 %.

Autre fait connu : l'oignon, ça pue.

Je n'étais pas seul dans l'enfer de l'oignon, Ben luttait aussi. Comme moi, il était tout en morve, en larmes et en salive. Il avait les yeux injectés de sang et la figure toute rouge. Il m'a adressé un tel regard de désespoir que j'ai eu envie de lui dire que ce n'était pas grave, il avait essayé, et il pouvait arrêter s'il le voulait.

Charlie s'en sortait beaucoup mieux que nous. Il croquait dans son oignon comme si c'était du chocolat. Il avait dans les yeux ce regard de détermination sans faille. Il voulait vraiment gagner. Et moi aussi, je voulais qu'il gagne. Plus encore pour lui que pour l'argent.

J'ai regardé les autres concurrents. Ben et moi, avec seulement deux bouchées, on était hors course. Ça se jouait à présent entre Charlie, une dame orange toute ridée, avec du papier toilette enfoncé dans les deux narines, et un type très mince en veste verte très brillante.

Chacun avait sa propre technique. Charlie croquait et mastiquait. La dame orange grignotait très vite en faisant tourner l'oignon comme un épi de maïs. Le type mince avait mis l'oignon entier dans sa bouche et l'attaquait de l'intérieur. On aurait dit un serpent qui avait gobé un œuf.

C'était serré. Charlie et la dame orange (qui, à présent je le sais, s'appelait Clémentine !) ont levé les mains et ouvert la bouche presque en même temps pour montrer qu'ils avaient terminé. Pour être honnête, je crois qu'elle avait peut-être fini avant lui. L'homme-serpent les a imités une fraction de seconde après.

Pat a soufflé dans sa trompette ; Ben et moi on a laissé tomber notre oignon dans notre assiette en grognant. Mon estomac commençait déjà à se plaindre. La dame avec le tee-shirt des gaz lacrymogènes s'est précipitée sur l'estrade pour murmurer à l'oreille de Pat. Quand je dis « murmurer »... c'était plutôt crier à voix basse, si bien que tout le monde sur scène a entendu : « On ne peut pas avoir un autre match nul après le concours du plus gros oignon. Il nous faut un vainqueur. » Elle a tapoté son bloc-notes puis s'est tournée vers Charlie et Clémentine en haussant exagérément les sourcils.

Pat a dû comprendre le message car il a hoché la tête d'un air solennel en s'adressant au public :

– Le match était serré aujourd'hui pour la 114e édition du concours du plus rapide mangeur d'oignon cru de Barry. Un grand bravo à tous les concurrents... Cependant, il ne peut y avoir qu'un seul gagnant.

Charlie s'est essuyé la bouche avec son tee-shirt et a lancé un regard en coin à la dame orange. Il devait penser la même chose que moi : elle avait terminé avant lui. Les 50 livres ne semblaient pas vouloir nous appartenir. Quelle déception.

– Il y a une seconde disqualification, a repris Pat en tirant sur son col le temps que le brouhaha de la foule s'évanouisse. D'après l'article 16, section 1.2a, les candidats ne sont pas autorisés à faire usage des accessoires suivants : lunettes de plongée ou masques couvrant les yeux, pinces à linge ou pince-nez, ni aucun textile enfoncé dans une ou les deux narines.

Clémentine a alors tenté de retirer discrètement le papier toilette qu'elle avait dans le nez, mais elle était sur scène, devant tout Barry.

– Je suis donc ravi de vous annoncer que…

Pat a jeté un œil sur le papier qu'on lui avait tendu.

– Charlie Anderson remporte la 114e édition du concours du plus rapide mangeur d'oignon cru de Barry !

C'était tout le contraire d'une déception !

Je ne suis pas fan des règlements, mais l'article 16, section 1.2a, me plaît particulièrement. En fait, à cet instant, c'était mon article préféré de l'univers.

Charlie avait l'air de ne pas y croire.

Ben a dû lui expliquer :

– Charlie, mon pote, tu as gagné !

Alors, tout son visage est devenu un grand sourire. Il a levé un poing en l'air, relevé son tee-shirt sur sa tête et s'est mis à courir autour de la scène comme s'il venait de marquer le but décisif de la finale de la Coupe du monde. Il faut reconnaître que les gens de Barry l'applaudissaient comme si c'était la finale de la Coupe du monde.

Après coup, il m'a avoué :

– Je n'ai jamais imaginé que je saurais un jour ce que ça fait de gagner.

CHAPITRE 10

Nous essayons de convaincre Charlie que c'est une bonne idée de passer la nuit à Barry, et il nous croit.

Charlie a reçu son prix en liquide dans une enveloppe, accompagné d'une malle en osier remplie de produits à base d'oignon. Jamais je ne l'avais vu aussi heureux. J'ai dû lui annoncer que ça n'allait pas être pratique du tout de trimballer cette malle jusqu'à Saint David's. Heureusement, il avait eu sa dose d'oignons pour un bout de temps, alors il a juste prélevé un paquet de chips oignon-fromage avant d'offrir le reste à Clémentine. Il se trouve que Clémentine était la mère de Trev le Colosse, si bien que ce geste a permis d'apaiser un peu leur ressentiment.

– C'était un beau match, a-t-elle concédé en s'emparant de la malle. Je suis désolée pour mon Trevor. C'est un bon garçon. Mais il a un sale caractère. Enfin, passons. Maintenant je dois surtout me concentrer sur le concours d'épouvantails de demain. Trevor et moi avons travaillé nuit et jour sur notre composition.

– Laquelle ? ai-je demandé.

– *Lesquels*, a corrigé Clémentine avec un sourire entendu. Nous avons fait les super-héros.

– Ce sont nos préférés !

J'ai pensé que Clémentine et Trevor avaient une bonne chance de gagner.

Il se faisait tard quand Charlie a dû se faire prendre en photo pour *La Gazette de Barry*. Avec toute cette agitation, nous avions oublié que notre temps était limité, et je commençais à stresser sérieusement. Nous avons tous appelé chez nous pour rassurer nos parents et les empêcher d'avoir des doutes, puis nous sommes allés à l'arrêt de bus. Or, de retour sur les docks, aucun signe de véhicule. Sur nos téléphones, le réseau de bus du sud du pays de Galles indiquait qu'à 18 h 30, nous n'allions plus pouvoir rallier Saint David's. Donc nous ne dormirions pas chez Alan. En gros, nous étions coincés à Barry.

Charlie a très mal accueilli la nouvelle.

En fait, il s'est comporté comme une espèce de diva. C'est fou ce qu'un petit instant de gloire peut rapidement monter à la tête.

– Qu'est-ce qu'on va faire ? Maman dit que *moi*, j'ai besoin d'une nuit complète dans un vrai lit, sinon je ne serai pas au meilleur de ma forme.

Il a prononcé *moi* avec beaucoup de suffisance.

– On pourrait faire du stop jusqu'à Saint David's et dormir quand même chez le nouveau père de Fred ? a suggéré Ben.

– Hors de question. On risquerait d'être enlevés par un meurtrier ou un fan dérangé.

J'étais d'accord avec Charlie, je n'avais pas trop envie que notre voyage se termine dans un bain de sang, mais Ben semblait beaucoup plus détendu concernant le danger que représentent les inconnus, parce qu'il a déclaré :

– Je pense que les chances sont minces.

– De tomber sur un meurtrier ou sur un fan dérangé ? ai-je demandé, comme si ça faisait une différence.

– Les deux.

C'est alors qu'un groupe d'adolescents est passé devant nous ; en voyant Charlie, ils se sont mis à scander :

– Le seul et l'unique Charlie Anderson !

Ben et moi, on les a regardés comme si c'étaient des extraterrestres. Charlie, lui, était aux anges. Il leur a tapé dans la main et leur a refait le coup du tour de piste. Les autres garçons ont hurlé de joie. Malgré le bruit, j'ai entendu Ben qui marmonnait que Charlie n'avait aucune honte.

Le fait que des gens applaudissent Charlie a suffi à convaincre Ben qu'il y avait aussi une chance de tomber sur un tueur dans le coin, donc nous avons abandonné l'idée de faire du stop.

Je commençais à me dire que j'aurais peut-être dû planifier un peu plus les choses avant de partir d'Andover. Je crois que si j'ai tiré une leçon de toute cette aventure, c'est qu'avoir un plan B, ou même un plan C, est toujours une bonne idée quand quelque chose ne se passe pas comme prévu et que les gens – les pères biologiques en particulier – ne sont pas là où ils sont censés être. Mais parce que je n'avais rien prévu pour le cas où Alan Grenouillet n'aurait pas été chez Cardiff Analytics, j'ai dû m'en remettre à mon ingéniosité et me lancer. En tant que chef du groupe, c'était à moi de trouver une solution, et en tant que chef du groupe, j'ai décidé que nous avions, en gros, deux options.

Option n° 1 : Utiliser les gains de Charlie pour nous rendre dans une gare et rentrer chez nous.

Option n° 2 : Chercher un endroit où passer la nuit. Monter dans un bus pour Saint David's le lendemain matin tôt, trouver Alan Grenouillet, puis rentrer à Andover avant qu'on s'aperçoive de notre absence.

Quand j'y repense maintenant, l'option n° 1 me semble le choix le plus rationnel. Mais à l'époque, ça revenait à baisser les bras. Or l'option n° 2 ne revenait pas à baisser les bras. Elle paraissait même très raisonnable. Par conséquent, sans parler de la première idée, j'ai annoncé :

– D'après moi, on n'a qu'une seule option. Ça vous dit de rester là ce soir ?

Les avis étaient mitigés.

– Ça me va, a déclaré Ben. Je n'ai pas spécialement envie de rentrer chez moi tout de suite.

Les yeux de Charlie sont sortis de leurs orbites.

– Rester là ?

– C'est juste pour une nuit.

– Mais où est-ce qu'on va dormir ?

C'était une bonne question, je ne m'étais pas encore penché sur le problème.

– On va trouver un endroit.

– Un endroit ? Un endroit avec un oreiller hypo-allergénique ?

– Peut-être.

J'avais l'intuition que non, mais j'ai préféré ne pas lui asséner la triste vérité comme ça.

– Ce n'est que pour une nuit.

Ben a passé le bras autour des épaules de Charlie.

– Allez, mon pote, c'est l'aventure. Avant de partir pour Vegan Club.

– Ça ne me dit trop rien…

– Et les smoothies avocat-herbe de blé, ça te dit peut-être ? Écoute, Charlie, en septembre on rentre en sixième dans un nouveau collège. On ne sera peut-être pas dans la même classe. Tu ne crois pas que ce serait cool de vivre cette dernière aventure ensemble ?

– Si, mais tout autant que de dormir dans un environnement qui ne me déclenche pas d'allergies.

– Réfléchis, Charlie. On fait ça pour Fred. Sa mère est morte, sa Grams est morte. Son père n'a plus qu'une jambe qui marche. Et en plus, il a cette espèce de coupe de cheveux crantée…

Ben a baissé la voix en parlant de ma frange comme si c'était la pire chose de sa liste.

– Il faut qu'on le fasse. Charlie, aujourd'hui tu as mangé un oignon cru entier en une minute et trente-sept secondes. C'est le quatorzième temps le plus rapide que les gens de Barry ont jamais vu. Toi, Charlie Anderson, tu n'as peur de rien.

Charlie a rougi.

– Bah, c'était rien.

– Au contraire ! Tu as été fantastique, Charlie. Pour les gens de Barry, tu es un héros. Pour nous, tu es un héros. Et les héros ne baissent jamais les bras.

– Tu penses que je suis un héros ?

– Absolument, a insisté Ben. Comment tu as démoli cet oignon… Je ne l'oublierai jamais. Tu es un véritable héros.

À ce stade, j'avais aussi été embarqué dans le discours émouvant de Ben, alors j'ai ajouté :

– Tu n'es pas seulement un héros, tu es l'un des meilleurs amis qu'on puisse avoir.

C'est vrai. Tout le monde n'a pas un ami qui mangerait un oignon cru entier par solidarité. Et moi, j'en avais deux.

– Tu es un champion, Charlie, a continué Ben en nous prenant par les épaules. On est tous des champions !

– Oh, les gars, a fait Charlie avec un grand sourire. D'accord, je vous suis.

Ben m'a adressé un clin d'œil. Son petit mélange de chantage affectif et de flatterie avait fonctionné.

Une fois Charlie d'accord, j'ai décidé qu'il était temps de s'intéresser au côté pratique de la situation.

– Où pourrions-nous dormir pour que ça ne nous coûte rien ?

Bonne question. Le silence est retombé un moment. Puis Ben a dit :

– Les gars, j'ai une idée.

Il était bien lancé et, comme idée, j'ai trouvé que celle-ci n'était pas si mauvaise. Bien que légèrement illégale.

Quand j'y repense, je crois que c'est là qu'a débuté le chaos. Mais à cet instant, on ne s'en doutait pas.

CHAPITRE 11

Où nous trouvons *Llywelyn le Grand* et nous nous disputons à mort

Ben s'est frotté les mains en demandant :

– Laquelle vous ferait plaisir ?

Comme si elles lui appartenaient toutes.

Charlie a réfléchi un instant, avant de répondre :

– J'aime bien *Mavis*.

– C'est vrai ? ai-je relevé, perplexe. Elle a l'air assez vieille.

– Certains y voient de la vieillesse, j'y vois du charme et de l'élégance.

– Je crois que je préfère *Diamant*. C'est de la bombe.

Ben hésitait.

– Je ne sais pas. Vous ne la trouvez pas trop voyante ? Elle pourrait attirer l'attention. Je penchais plus pour *Llywelyn le Grand*. C'est comme ça que ça se prononce ? Pas trop gros, un peu planqué dans le recoin le plus *sombre* des docks.

Il n'avait pas tort et, puisque c'était son idée de monter clandestinement à bord d'un des bateaux pour la nuit, c'était normal qu'il choisisse.

– Alors on monte sur *Llywelyn le Grand*, j'ai dit.

Contrairement à Ben, Charlie semblait avoir quelques réserves.

– On ne va rien faire de vraiment mal, lui a expliqué Ben. *Llywelyn* tangue tranquillement ici sans rien faire. On va juste dormir dessus. On ne va pas partir en mer ni rien.

– Oui, qu'est-ce qui pourrait arriver de terrible ? ai-je ajouté.

(À présent, je sais que c'était une question idiote.)

On a parcouru le quai plusieurs fois en essayant de ne pas avoir l'air louches pendant qu'on réfléchissait au meilleur moyen d'aller à l'abordage de *Llywelyn le Grand*. Par chance, tous les habitants de Barry étaient au pub pour un genre de karaoké géant, donc il n'y avait personne dans les environs.

Llywelyn ne possédait pas de passerelle mais sauter jusqu'à l'échelle semblait faisable. On a décidé d'attendre la nuit pour nous glisser à bord sans nous faire remarquer.

Au bout d'un moment, on en a eu marre d'attendre parce qu'on était en plein été et qu'il n'allait pas faire nuit avant 22 heures. Ben a suggéré d'aller passer le temps aux arcades pour jouer aux jeux vidéo. Il a dit qu'il se sentait en veine. Et quand le fils d'un gagnant de jeu à gratter dit qu'il se sent en veine, on ne le prend pas à la légère.

Il a changé cinq livres en 250 pièces de deux pence qu'on a donné à manger aux machines à sous pendant une heure, et on a gagné 625 pièces ! On avait l'impression d'être les rois du monde. Je me suis demandé pourquoi je n'avais jamais joué aux machines à sous avant. C'était de l'argent facile.

Avec le recul, je pense qu'on aurait dû s'arrêter là, sauf qu'on a continué. On avait des étoiles dans les yeux, et nos cœurs battaient au rythme du ronronnement des machines à sous.

Ben a proposé :

– Passons à la machine à 10 pence. On pourrait se faire assez d'argent pour se payer un hôtel avec des oreillers hypoallergéniques.

Charlie et moi avons trouvé l'idée excellente.

Ce plan paraissait à toute épreuve. On a échangé nos gains contre 125 pièces de 10 pence rutilantes… avant de les transformer très rapidement en seulement deux pièces. Je n'arrivais pas à le croire. Nous venions de dépenser cinq livres et nous nous retrouvions avec 20 pence. Pour être franc, c'était déprimant. Pour la première fois de ma vie, j'ai compris l'adage selon lequel « Les premiers seront les derniers ».

Je me suis juré de ne plus jamais jouer aux jeux d'argent.

Cependant, Ben ne partageait pas cet avis. Il avait un regard bizarre et il n'arrêtait pas de répéter qu'il pouvait changer encore cinq livres en petite monnaie pour regagner l'argent, et même plus. Charlie et moi, on n'était pas du tout d'accord.

Charlie a pris son courage à deux mains pour le rappeler à l'ordre :

– J'ai mangé un oignon cru entier pour ces billets !

Ben n'avait pas d'argument à opposer, mais ça ne l'a pas empêché de faire la tête quand on est partis. Il a l'air sujet à la dépendance. Il devrait peut-être s'en préoccuper.

Il a continué à maugréer qu'on partait avant « le jour de paie » pendant qu'on rejoignait les quais vers *Llywelyn le Grand*. Heureusement, il n'y avait toujours pas âme qui vive. Mais même si c'était palpitant (j'étais dans un autre pays, à l'aventure, avec mes copains !), je ne sais pas pourquoi, je n'arrêtais pas de penser à Papa. J'avais peur qu'il ne s'en sorte pas tout seul à la maison, sans moi pour lui apporter des trucs.

Je ne me suis pas inquiété longtemps, parce qu'à peine arrivés en face de notre hébergement pour la nuit, soudain l'espace entre le quai et l'échelle semblait bien plus inquiétant que tout le reste.

– Est-ce qu'il a bougé ? a demandé Charlie. Je ne vais jamais réussir à sauter aussi loin.

– Ça va aller, ai-je marmonné sans conviction.

Sans vouloir vexer Charlie, il faut avouer qu'il n'est pas spécialement aérodynamique. En revanche, il est fort, et avec un peu d'élan, il a sauté facilement. En tant que champion de saut en longueur de notre classe, Ben non plus n'a eu aucun problème.

Moi en revanche, j'ai échoué lamentablement. J'avais décidé de prendre beaucoup d'élan pour courir le plus vite possible. Et mon élan était bon. Sauf que j'ai oublié de faire le plus important à la fin, c'est-à-dire sauter. J'ai terminé ma course les pieds sur le quai, les mains agrippées à l'échelle, avec la mer en dessous tandis que Ben et Charlie se moquaient de moi.

Accroupi à ma hauteur, Ben m'a lancé :

– Ça va, mon pote ?

– Je suis au top, merci. Maintenant, aidez-moi à me relever avant qu'on nous repère.

Ils m'ont soulevé pour me poser sur le pont comme s'ils venaient de pêcher un énorme maquereau.

Une fois debout, j'ai jeté un coup d'œil aux alentours. *Llywelyn le Grand* portait bien le qualificatif de « Grand ». Ma connaissance de la navigation ne se limitait qu'à un tour de pédalo à Paulton's Park, une sortie en kayak et le ferry pour aller sur l'île de Wight. Comparé à ça, *Llywelyn* était grandiose. Il y avait des sièges molletonnés en cuir blanc tout autour et, dans la petite cabine de pilotage, une énorme roue en bois très brillant.

– Trop classe ! s'est exclamé Ben en s'étalant sur l'une des banquettes.

C'était trop classe. Nous avions réussi à monter à bord d'un très beau bateau sans nous faire prendre. Nous étions encore des champions et les choses s'annonçaient plutôt bien.

Et ça se serait sûrement bien passé si nous ne nous étions pas disputés à mort et tout le reste...

– Je n'arrive pas à le croire, a dit Charlie. Ma mère me tuerait si elle savait ce qu'on est en train de faire.

– Je crois que mon père s'en ficherait. Il est trop occupé par Becky pour s'inquiéter pour moi.

– On ne peut pas lui en vouloir. Becky est canon. Je ne comprends pas ce que tu as contre elle.

Ben est assez susceptible quand on parle de Becky, vous l'aurez sûrement remarqué. Alors il a répondu sèchement :

– En ce moment c'est avec *toi* que j'ai un problème.

Ce qui était plutôt dur, quand même.

Ça a surpris Charlie, alors il a imité Ben avec une voix de fausset :

– *En ce moment c'est avec toi que j'ai un problème.*

Ben a rétorqué :

– T'es débile, Charlie.

Charlie a fait semblant de pleurnicher :

– Tu as dit que j'étais un héros.

– L'un n'empêche pas l'autre.

– La ferme, Ben.

– La ferme, Charlie.

– La ferme…

Ils ont continué à se dire de la fermer pendant un moment. Le ton montait et j'ai eu peur qu'on nous entende alors j'ai ordonné :

– La ferme tous les deux avant qu'on se fasse arrêter.

J'ai cru un instant que ça avait marché.

Mais Ben a ajouté :

– On devrait arrêter Charlie pour son haleine de chacal.

Et du coup, ça a repris.

J'ai crié très fort :

– Arrêtez de crier !

J'ai peut-être tapé du pied aussi, pour faire impression.

Heureusement, ça les a fait taire.

Et puis Charlie a répondu :

– C'est bon, Fred, relax.

Et Ben a ajouté :

– Oui, Fred, pas la peine de crier. C'est quoi, ton problème ?

Ça m'a vraiment énervé parce que c'était eux mon problème, mais j'ai fermé ma bouche pour calmer le jeu. Du coup, personne n'a parlé pendant un moment. On est restés là, à essayer de se détendre. Je me concentrais sur le mouvement du pont sous mes pieds, en me demandant si c'était une bonne idée de les avoir emmenés à la recherche d'Alan Grenouillet et d'avoir entrepris ce voyage débile.

Puis Ben a dit :

– On voit bien les étoiles ce soir.

Je crois que c'était un code pour « Désolé d'avoir été nul ».

Et Charlie a dit :

– Le ciel n'est jamais comme ça à Andover.

Je crois que c'était un code pour « Désolé d'avoir été nul aussi ».

J'ai levé la tête. Les étoiles n'étaient pas particulièrement scintillantes. J'ai dit :

– Vous savez qu'on est tous faits de poussière d'étoile en vrai ? Pratiquement tous les éléments qu'on trouve sur Terre ont été fabriqués au cœur d'une étoile !

Ce qui, en plus d'être un fait vraiment cool, était aussi un code pour « Je vous pardonne d'avoir été tous les deux nuls ».

– De la poussière d'étoile ? J'aime bien cette idée, a répondu Charlie.

Ben a ajouté :

– Je n'ai jamais vu autant d'étoiles. Regardez celle-ci !

– Ce n'est pas une étoile, c'est Jupiter, ai-je expliqué.

– Comment tu le sais ?

– Elle est beaucoup plus brillante et elle a une forme de disque.

– Ah oui !

– Vous savez, elle est principalement constituée de gaz.

– Comme Charlie alors, a commenté Ben.

Ça nous a fait rire parce qu'il n'avait pas tort. Charlie lâchait pas mal de pets mortels aux relents d'oignon.

– Riez tant que vous voulez, mais vous rirez moins cette nuit quand je vous péterai dessus pendant votre sommeil.

Ça nous a cloué le bec.

– Vous croyez que si on observe bien, on pourrait voir une étoile filante ? ai-je demandé.

– Tu ferais quoi comme vœu ?

C'était une question trop compliquée, alors j'ai répondu :

– Que Charlie arrête de péter. Ça, ou la paix dans le monde.

– Moi, je souhaiterais avoir de meilleurs copains, a renchéri Charlie en me donnant un coup de pied que je devais mériter. Non, en fait, je souhaiterais que ma mère arrête de radoter sur les brocolis et me laisse m'adonner à mes instincts carnivores.

Ben a fait une grimace.

– De tout ce que tu pourrais souhaiter au monde, c'est ce vœu-là que tu ferais ?

– Vous vous rappelez en CE1, quand certains ont reçu un courrier à la maison après la visite médicale ?

Ben et moi avons opiné du chef.

– Moi, j'ai reçu un courrier. Et ce n'est pas une coïncidence si après ça Maman a décidé de commencer son délire de vie saine et s'est mise à acheter des avocats et du quinoa à la pelle. Elle trouve que je suis trop gros.

– Tu n'es pas trop gros, j'ai dit. Tu es juste… tu sais… costaud.

– Tu trouves ? Costaud… costaud…, a-t-il répété. Oui, j'aime bien ce mot. Ça me donne l'air robuste.

– Très bonne description.

Il s'est retourné vers Ben.

– Tu sais quoi ? Tu as raison. Ce n'est pas un super vœu. Ce que je souhaite vraiment, c'est que Maman se rende compte que je suis heureux comme je suis.

Ben a acquiescé.

– Ça, c'est un bon vœu.

On s'est tous tus pendant un moment.

Puis Ben a parlé si bas que j'ai eu du mal à l'entendre, mais j'ai compris ce qu'il disait.

– Je souhaiterais que Becky disparaisse et que mes parents se remettent ensemble.

– Ça te rendrait heureux ? ai-je demandé.

– Oui.

– Mais tes parents se disputaient tout le temps, non ?

Ma remarque spontanée est très mal passée.

Le visage de Ben s'est tordu comme quand il mangeait son oignon.

– La ferme, Fred. Tu ne sais rien de mes parents.

J'aurais probablement dû m'arrêter là, mais…

– Ne me dis pas de la fermer. Toi, la ferme.

– Toi, la ferme.

– Non, *toi*, la ferme.

Et c'était reparti.

Pour finir, Ben a craqué. Il s'est levé au-dessus de moi en criant :

– Je te dis de la fermer si je veux ! Tu crois toujours que tu sais tout sur tout, avec tes faits débiles. Comme si on en avait quelque chose à faire que les oignons et l'ail soient cousins.

C'en était trop. Les gens adorent mes faits. Je me suis levé à mon tour pour lui balancer, en le regardant droit dans les yeux :

– Ce n'est pas la peine de t'en prendre à moi si tes parents ne se supportent pas !

Même à cet instant, je savais que je n'aurais pas dû, mais je n'ai pas pu m'en empêcher. La journée avait été longue et fatigante, j'étais à cran. Lui aussi sûrement, parce que la situation nous a vite échappé.

Il m'a rendu mon regard noir.

– Tu crois que tu sais tout. Mais tu es trop bête, exactement comme ton père.

C'est fou, hein ? Il est allé jusque-là ! Et ce n'est pas tout ! Il a ajouté :

– Oh désolé, j'avais oublié. C'est même pas ton vrai père.

C'est là que *moi*, j'ai craqué.

Je l'ai attrapé par le col et j'ai dit :

– Répète un peu ça.

Il a rigolé.

– Ou alors quoi ?

Je n'avais pas de réponse. Heureusement, Charlie s'est interposé.

– Les gars, calmez-vous. J'ai un paquet de Skittles, on peut partager…

Ben ne m'a pas lâché des yeux.

– Dégage, Charlie.

Il a cogné le paquet de Skittles qui a échappé à Charlie et s'est répandu sur le pont du bateau.

Charlie n'a pas du tout apprécié de perdre son petit arc-en-ciel de bonbons, alors il nous a poussés tous les deux.

– Je t'interdis de me dire de dégager.

– Ça ne te regarde pas, ai-je ajouté, ce qui n'a fait que l'agacer encore plus.

– Comme d'habitude. Vous croyez que vous pouvez vous moquer de moi et me laisser à l'écart, comme toujours.

Apparemment, il avait ses propres comptes à régler.

– Tu veux participer à la bagarre ?

– Oui.

– D'accord.

– Alors on se bagarre ? ai-je demandé.

Pour être franc à cent pour cent, j'aurais bien voulu faire machine arrière.

Ben a enfoncé son doigt dans ma poitrine beaucoup plus fort que nécessaire.

– Ouais, on se bagarre.

J'ai empoigné son tee-shirt en lançant :

– D'accord. Prépare-toi à mourir.

J'ai trouvé que ça sonnait bien.

Charlie a passé les bras autour de nous deux en serrant si fort qu'on ressemblait sûrement à un corps avec six bras, six jambes et trois têtes. Je ne savais pas quoi faire. Je ne m'étais jamais battu. Eux non plus, d'ailleurs. Alors on s'est tous tenus par le tee-shirt en tirant et en poussant. J'ignore si on s'est décoché des coups de poing, je crois que non. Tout ce qu'on a fait, c'est tituber d'un côté du bateau à l'autre. Jusqu'à ce que l'inévitable se produise et qu'on tombe tous par-dessus bord.

CHAPITRE 12

Pourquoi Charlie Anderson ne devrait jamais s'occuper du linge

C'est incroyable comme un plongeon inattendu dans la mer peut dissiper toute tension. Quand on est remontés sur *Llywelyn le Grand*, et qu'on a repris notre souffle, toute la colère semblait s'être dissoute dans les eaux du pays de Galles.

– Ça, c'était pas prévu, ai-je commenté.

– Mon téléphone est mort, a dit Ben en essayant de le rallumer.

– Le mien aussi.

Charlie a regardé par-dessus bord.

– Je crois que le mien est resté dans la mer.

– Qu'est-ce qu'on fait ? ai-je demandé. C'était vraiment débile.

– Je ne sais pas. Moi, j'avais vraiment envie de me battre avec toi.

Ben a secoué la tête pour faire sortir l'eau de ses oreilles.

– Oui, moi aussi, j'avais vraiment envie de me battre avec toi, ai-je répondu.

Ben a arrêté de secouer la tête pour me regarder.

– Je n'ai pas vraiment envie de me battre avec toi.

– Moi non plus. Amis ?

– Amis.

C'était un chouette moment. Que Charlie a interrompu en venant s'ébrouer comme un chien entre nous.

– Moi, je m'en fiche tant que vous ne me laissez pas à l'écart.

– Promis, ai-je promis.

– Tant mieux. Sinon, vous allez voir ce que vous allez voir.

Il a retiré son tee-shirt pour l'essorer en nous fouettant les jambes avec. Ensuite, il nous a poursuivis dans tout le bateau jusqu'à ce qu'on s'effondre de fatigue sur les banquettes.

– Qu'est-ce qu'on fait maintenant ? a demandé Ben. J'ai froid. Pas vous ?

J'ai acquiescé.

– Je préférerais ne pas rester dehors toute la nuit.

– Et si on entrait ? Il doit faire moins froid dans la cabine.

– Elle est sûrement fermée à clé.

Charlie a essayé d'actionner la poignée.

– Verrouillée.

– Mais sûrement pas à double tour.

Avant qu'on puisse l'en dissuader, Ben a enfoncé la porte d'un coup d'épaule. Elle s'est ouverte dans un craquement.

– Vous voyez ? Pas à double tour.

– Je n'arrive pas à en croire mes yeux, s'est scandalisé Charlie.

– De toute façon, on n'a déjà pas le droit d'être là. Une petite effraction, ce n'est pas beaucoup plus terrible, a fait valoir Ben en allumant la lumière. On est dans le besoin.

J'ai regardé Charlie puis soupiré :

– Tu crois qu'il y aura des oreillers hypoallergéniques en prison ?

Malgré la menace du casier judiciaire qui planait au-dessus de nos têtes, je n'ai pu m'empêcher d'être soulagé à l'idée de me retrouver à l'intérieur. Nous nous sommes mis à explorer les lieux en laissant des traces de pas mouillées partout. À un bout du bateau, il y avait un genre de cuisinette, au milieu une minuscule table avec des tabourets, puis de l'autre côté, les plus petites toilettes du monde et des lits superposés. J'ai dit à mes copains de ne toucher à rien. Il fallait que tout reste exactement comme on l'avait trouvé.

J'étais épuisé, Ben et Charlie bâillaient aussi, alors j'ai suggéré qu'on se déshabille pour enfiler notre caleçon de rechange avant d'aller dormir. Nous devions nous lever tôt le lendemain pour quitter le bateau avant qu'il y ait du monde sur les docks.

Charlie a pris nos vêtements trempés en disant qu'il savait où les faire sécher, et nous nous sommes couchés. Ben et moi nous sommes installés tête-bêche dans le lit du bas. Charlie avait celui du haut pour lui tout seul. On aurait dû faire l'inverse parce qu'il n'a pas arrêté de péter, mais je n'avais pas la force de bouger. Nous nous sommes endormis comme des pierres – de fatigue ou à cause des émanations toxiques à l'oignon diffusées par les fesses de Charlie.

Il n'a dû s'écouler que quelques heures avant que les hurlements stridents d'une alarme me réveillent. Je me suis redressé brusquement. Il y avait une drôle d'odeur.

De fumée.

J'ai mis un moment à me rappeler où j'étais, puis à comprendre que le bateau devait être en feu. J'ai secoué Charlie et Ben.

– Réveillez-vous. Je crois qu'il y a le feu !

Charlie s'est étiré en se frottant les yeux. Soudain, il a semblé se souvenir de quelque chose, et il a bondi du lit.

– Oh non ! J'ai oublié !

Je n'ai pas DU TOUT aimé cette réflexion.

– Qu'est-ce que tu as oublié, Charlie ?

Pour toute réponse, il s'est contenté de se précipiter à l'autre bout du bateau en slip. On l'a suivi jusqu'à la cuisinette. Il a ouvert la porte coulissante et toute la fumée s'est déversée dans la cabine.

Il s'est mis à agiter un torchon en répétant :

– Non, non, non, non, non !

On aurait dit un danseur traditionnel en crise de panique.

– Qu'est-ce que tu as fait ? a crié Ben.

– Tu as cuisiné ?

À travers la fumée, je distinguais une espèce d'amas en feu sur la cuisinière.

J'ai rempli une tasse d'eau pour la jeter dessus. Pour être franc, c'était comme faire pipi dans un volcan. Heureusement, Ben s'est emparé de l'extincteur portable au mur, qu'il a dirigé vers la cuisinière. Le feu s'est éteint, et on a toussé de plus belle parce que encore plus de fumée envahissait la cabine. Comme l'alarme incendie continuait de hurler, j'ai essayé d'agiter le torchon devant pour dégager la fumée. Ça ne servait à rien, alors j'ai appuyé sur l'interrupteur, en vain.

Charlie criait :

– Éteins-la. On va nous entendre !

Ce qui était très utile.

– Qu'est-ce que tu crois que je suis en train de faire ?

Ben a ouvert la porte de la cabine pour évacuer la fumée pendant que je m'emparais d'une spatule en bois dans un tiroir de la cuisine. J'ai adopté une approche plus agressive en frappant l'alarme comme un forcené. Elle est tombée du plafond mais le bruit a redoublé de volume.

– Prends ça !

PAF !

– Et ça !

PAF !

– Vas-y, Fred, fais-lui la peau ! a hurlé Charlie.

Je mc suis acharné sur l'alarme. Le boîtier en plastique blanc a éclaté en mille morceaux et l'alarme a émis ses derniers beuglements.

– Achève-la ! a crié Ben.

J'ai visé pile au milieu et j'ai tapé de toutes mes forces. Avec un dernier gémissement de protestation, l'alarme s'est tue. Freddie Yates 1 – Détecteur de fumée 0.

– Tu t'es éclaté ? a demandé Ben.

J'ai rougi. Je m'étais éclaté mais c'était surtout pour décharger ma colère.

– Oh… tu sais…

– Il a un ustensile de cuisine et il n'hésitera pas à s'en servir ! a gloussé Charlie.

Avec ma spatule, j'ai écarté les restes sur la cuisinière… qui m'ont semblé étrangement familiers.

– C'est quoi ce truc ?

Charlie a très vite arrêté de rire et s'est mis à se balancer d'un pied sur l'autre d'une façon vraiment… louche.

– Charlie ?

– Je voulais seulement les sécher. Je n'ai pas pensé qu'ils allaient prendre feu.

Parmi les cendres j'ai aperçu une étiquette brûlée avec écrit *Marks & Spencer 11-12 ANS* dessus.

– Charlie, ne me dis pas que c'est ce que je crois.

– Ce sont nos vêtements.

– Je t'ai dit de ne pas me dire ça.

Il avait l'air très mal à l'aise.

– Ça m'a semblé une bonne idée…

– De faire cuire nos vêtements ? a lâché Ben. Tu comptais faire quoi avec ? Les manger ?

– Il n'y avait pas de flammes et il y avait des ronds chauds au-dessus du four, vous voyez ?

– Des ronds chauds ?

Je n'en croyais pas mes oreilles.

– Je voulais juste les réchauffer.

– Charlie ! C'était nos vêtements, pas des crêpes ! On n'a plus rien à se mettre à part nos caleçons ! Je ne peux pas rencontrer Alan Grenouillet en caleçon ! C'est hors de question.

C'est là que Ben a inexplicablement éclaté de rire alors que moi je n'avais pas du tout envie de rire.

– Ben, c'est pas drôle !

– C'est un peu drôle.

– Non, c'est une catastrophe.

– Tu dramatises.

– Ben, on est au pays de Galles, on est sur un bateau où nous sommes entrés par effraction, on a causé un incendie et on est presque à poil. Alors comment ça pourrait ne pas être une catastrophe ?

Ben a levé les yeux au ciel.

– Détends-toi, personne n'est mort, si ?

C'est comme si ses paroles avaient envahi toute la cabine.

Il m'a lancé un regard coupable.

– Oh. Désolé. À part ta Grams. Personne d'autre n'est mort.

Je me suis contenté de le regarder, bouche bée.

Il a détourné les yeux pour ramasser les morceaux de l'alarme et les mettre à la poubelle.

– Ça va aller. On va trouver une solution.

Je ne voyais pas comment ça pouvait aller.

– Il va nous falloir un miracle pour nous sortir de ce désastre.

Mais il n'y a pas eu de miracle. Pas à ce moment-là en tout cas. En fait, notre situation n'a fait qu'empirer.

CHAPITRE 13

Charlie, Ben et moi on trouve des trucs et on pique un sprint.

Je voulais vraiment poursuivre notre voyage, alors, pendant que Charlie tentait sans succès de récurer les taches de fumée sur les murs de la cuisine avec une brosse à dents, Ben et moi, on a fouillé le bateau à la recherche de vêtements. La petite horloge de la cuisinière nous indiquait presque 5 heures du matin. Il fallait qu'on soit partis à 6 heures au plus tard pour être sûrs de ne croiser personne.

Ben a ouvert le minuscule placard et moi les tiroirs. C'est en fouillant dans celui du bas que notre voyage a pris un tour sérieusement inattendu.

J'ai sursauté.

Puis j'ai cligné des yeux.

Ensuite, je me les suis frottés.

Je crois que j'ai eu un autre sursaut de surprise avant de refermer le tiroir d'un coup.

– Tout va bien, Fred ? a fini par demander Ben.

J'ai émis un couinement bizarre, un son que je n'avais jamais produit auparavant ni depuis.

– Ça va ? Qu'est-ce que tu as trouvé ?

Impossible de répondre. Impossible de penser. Mon cerveau était bloqué sur une image. L'image de cette femme, Fiona Bruce, la présentatrice avec les belles dents blanches qui avait eu l'air si consternée dans *Antiquités Show*.

– Fred, tu es devenu muet ? (Ben a ouvert le tiroir pour jeter un coup d'œil.) Ah, merveilleux, mais ça ne risque pas de nous couvrir beaucoup, non ?

J'ai réussi à articuler quelques mots, qui étaient :

– Ben, Ben, tu as vu ? Oh-ho ?

Il a froncé les sourcils.

Bon, d'accord, ce n'était pas la phrase la plus limpide de l'année, alors j'ai réessayé.

– Ben, tu sais ce que c'est ?

– Euh, oui. Je ne suis pas débile. C'est des bagues. Et assez moches en plus.

C'est à cet instant que c'est devenu n'importe quoi. Charlie a débarqué en hurlant bizarrement. Il était tout pâle et il tenait quelque chose à la main.

– Les gars, les gaaaaaaars ! Regardez ça.

J'ai été tellement surpris que j'ai cru que mes yeux allaient sauter de leurs orbites.

– Purée, Charlie ! Où t'as trouvé ça ? s'est écrié Ben.

– Dans le placard de droite sous l'évier, à côté de l'adoucissant et devant le produit vaisselle.

Une description curieusement précise, étant donné les circonstances.

– Qu'est-ce qu'un pistolet ferait à côté du produit vaisselle ? ai-je crié.

– Repose-le ! Il est peut-être chargé, s'est alarmé Ben.

Charlie a posé l'arme sur le lit du bas avant de reculer en gémissant. Ses jambes se sont dérobées sous lui tout doucement, il s'est plié comme un accordéon. Puis il s'est mis à se balancer d'avant en arrière.

Alors que j'étais presque à poil, je me sentais aussi brûlant qu'un volcan en ébullition.

– Les gars, il faut qu'on dégage d'ici.

– Fred, qu'est-ce qui se passe ? a demandé Ben.

J'ai soulevé les deux bagues en or en forme de cygne, assez laides mais apparemment d'une valeur inestimable.

– Mon père regardait les infos sur ces trucs.

– Mais de quoi tu parles ?

– Les gars, je crois qu'on est sur le bateau d'un voleur de bijoux. Un voleur de bijoux qui a un flingue !

L'information a flotté un instant entre nous, le temps que mes copains comprennent bien. Puis Charlie s'est balancé de plus en plus vite et Ben s'est mis à courir en cercles en marmonnant des choses qui ne nous aidaient pas du tout comme :

– Oh non oh non oh non oh non. Ils vont nous tuer. Je suis trop jeune pour mourir.

Tous ces balancements et ces cercles ne faisaient que m'angoisser encore plus, et quand Ben m'a attrapé les bras en disant :

– Fred, qu'est-ce qu'on fait ? Trouve quelque chose.

Tout ce que j'ai réussi à répondre, c'est :

– Vous saviez que les cygnes sont de la famille des *Anatidae* et qu'ils peuvent voler à 88 kilomètres à l'heure ?

Charlie s'est immobilisé. Ben a arrêté de courir. Tous les deux m'ont fixé avec une expression perplexe jusqu'à ce que Ben dise :

– C'est quoi ton problème, Fred ?

– Désolé… C'est sorti comme ça.

– Bon, faisons comme les cygnes, et fuyons, tout de suite, a dit Ben.

Charlie s'est relevé.

– Attends… en slip ?

– Tu veux attendre que le propriétaire du pistolet revienne ?

Charlie a secoué la tête.

– C'est bien ce qui me semblait. Allez, venez !

On a mis nos baskets mouillées pour quitter *Llywelyn-le-un-peu-moins-Grand* en sous-vêtements, à toutes jambes par la porte cassée dans la lumière grise de l'aube. J'ai franchi le vide entre le bateau et le quai sans problème.

Je crois que la terreur m'a propulsé. On s'est élancés sur le dock sans regarder où on allait, tant qu'on s'éloignait du bateau… et du pistolet.

On s'est retrouvés dans le parc. Ben s'est arrêté le premier et nous a tirés, Charlie et moi, derrière un immense buisson qui, même s'il nous dissimulait à la perfection, s'est révélé atrocement épineux. Le parc était désert à cette heure-ci. La foire n'ouvrait qu'à 10 heures, avec le concours d'épouvantails. La scène trônait toujours au centre mais tous les stands étaient fermés.

– Qu'est-ce qu'on va faire ? a demandé Charlie. Vous croyez qu'on devrait aller voir la police ? Leur dire ce qu'on a trouvé ?

L'idée n'était pas au goût de Ben.

– Tu imagines les ennuis qu'on aurait ? On pourrait finir avec un casier judiciaire. Ou pire.

– En prison, tu veux dire ? ai-je questionné.

– Je n'en sais rien, peut-être. On est entrés par effraction et Charlie est un pyromane, donc c'est possible.

– Bon, donc pas de police, d'accord ?

Ils ont tous les deux acquiescé.

– Il vaut mieux qu'on quitte Barry, a suggéré Ben.

Il avait raison. Je tenais à m'éloigner le plus possible de Barry, sauf qu'il y avait un problème.

– Si on monte dans un bus en caleçon, les gens vont se poser des questions.

– Il nous faut des vêtements, a conclu Charlie.

– Tu crois ? a lancé Ben, pas très charitable. Et où est-ce qu'on va trouver des vêtements à 5 heures du matin ?

Bonne question.

Il y a parfois de bonnes questions dont la réponse est simple. Comme par exemple : « Combien y a-t-il de personnes sur Terre ? » (Environ 7,8 milliards, en passant.) Il y a parfois de bonnes questions dont la réponse est plus compliquée. Comme, par exemple : « Quel animal serait le plus mignon si on le rétrécissait à la taille d'une souris ? »(Par où commencer pour répondre à ça ?) Et puis il y a de bonnes questions dont la réponse paraît impossible, mais dont la solution vous saute soudain aux yeux sans prévenir. Et c'était le cas ce matin-là, parce que à la question de Ben « Où est-ce qu'on va trouver des vêtements à 5 heures du matin ? », moi, j'ai répondu : « Là. »

CHAPITRE 14

On se rend compte que le Boss est peut-être à notre poursuite.

Ben et Charlie ont mis une seconde à comprendre que je désignais les épouvantails du concours. Ben s'est retourné vers moi, le sourire aux lèvres. Sans me laisser le temps de lui expliquer comment nous allions procéder, il s'est élancé en criant :

– Je prends Batman !

Certainement pas. Il n'allait pas être Batman. C'était *ma* solution fantastique, donc j'aurais dû avoir le droit de choisir en premier. Mais Ben semblait avoir un autre raisonnement. Il a attrapé Batman et s'est enfui avec le super-épouvantail sous le bras, dans un nuage de paille. Il ne s'est pas arrêté alors qu'il voyait très bien que ça m'énervait. Il est fort à la course. Je n'allais jamais le rattraper. Alors pour finir, j'ai dit :

– Bon, si tu veux jouer au bébé, garde-le.

Ce qui nous laissait Spider-Man et Supergirl.

Hors de question que je sois Supergirl.

Charlie a dû avoir la même idée que moi, parce qu'il s'est jeté sur l'épouvantail Spider-Man en hurlant :

– Spidey est à moi !

J'ai tout essayé pour récupérer le Spider-Man sous Charlie mais, vu comme il est costaud, mes efforts sont restés vains.

Je me suis retrouvé avec Supergirl.

J'étais furieux, même si, à la réflexion, Charlie ne serait jamais rentré dans le costume de Supergirl – c'était sûr que j'allais le récupérer. Mais pas question de céder avec le sourire.

– Ne fais pas cette tête, a lancé Ben. Il te va super bien, en fait. La jupette vole quand tu marches.

– La ferme.

Je leur ai tourné le dos et la jupette a virevolté d'une manière assez cool. J'avais envie de refaire un tour mais j'ai attendu qu'ils regardent ailleurs.

– Est-ce qu'on garde les masques ? a demandé Charlie. J'ai l'impression qu'il me manque quelque chose sans le masque.

– Un peu qu'on garde les masques ! s'est exclamé Ben en enfilant le sien sur sa tête.

– Bon, d'accord, ai-je conclu en faisant semblant de me résigner.

Parce qu'en vrai, je ne risquais pas de partir sans le mien, mais ils n'avaient pas besoin de le savoir.

On a remis les épouvantails en place comme on a pu. L'un d'eux avait perdu un bras et la tête de Supergirl penchait à un angle impossible d'un point de vue anatomique, donc je dirais que la composition n'avait plus aucune chance de gagner le concours.

Je me sens encore un peu coupable d'avoir démoli le dur labeur de Clémentine. Mais sincèrement, on avait plus besoin de vêtements que ces épouvantails.

Malheureusement, les costumes de super-héros n'ont pas de poches et ça, c'est un grave oubli. Tout le monde a besoin de poches, même les super-héros. D'un autre côté, le textile était super moulant : quand on a mis notre argent dans nos caleçons, on s'est dit qu'il était bien maintenu, en sécurité.

Avant de quitter le parc, il me restait une chose à faire. J'ai sorti les deux bagues cygnes de mon caleçon pour les mettre dans la main de l'un des épouvantails.

Ben a ouvert de grands yeux.

– Tu les as prises ?

– Oui, sans réfléchir. Je crois que j'ai paniqué, avec le flingue et tout…

– Tu as volé des bijoux inestimables à un voleur armé d'un flingue ? Tu veux nous faire part de tes dernières volontés ?

– Je t'ai dit que je n'ai pas réfléchi. Le voleur ne saura pas que c'était moi. Si on les laisse là, peut-être que les gens les rendront à la police.

Charlie semblait perplexe.

– Mon pote, c'est un épouvantail, il ne va rien rendre à personne.

– Trev le Colosse et sa mère le feront peut-être à sa place. Il y a sans doute une récompense à la clé. Si c'est 50 livres, ça compensera la disqualification de Trev le Colosse au concours d'oignons. Vous vous rendez compte qu'on a complètement gâché leur foire de Barry ?

– Je ne dirais pas que c'est moi qui l'ai fait disqualifier.

Je lui ai lancé un regard qui disait : « Tu ne trompes personne, mon gars. »

– Vous êtes sûrs que laisser les bagues ici est une bonne idée ? a questionné Charlie.

– On ne peut pas vraiment les rapporter au commissariat nous-mêmes, si ? On serait obligés de leur expliquer comment on les a trouvées et d'avouer l'effraction. Et je pourrais dire adieu à mes retrouvailles avec Alan Grenouillet.

– Bon, d'accord, a tranché Ben. On les laisse là et on s'en va.

Alors on a quitté les trois pauvres épouvantails puis on s'est dirigés vers le centre-ville de Barry. Comme on n'avait plus de téléphone en état de marche, on a dû chercher les horaires de bus à l'ancienne, en allant regarder à l'arrêt. On avait appris à lire les horaires en CM1 donc on était prêts. En revanche, on n'était pas prêts à découvrir qu'il n'y avait pas de trajet direct Barry - Saint David's.

– Qu'est-ce qu'on fait maintenant ?

Charlie m'a regardé comme si tout était ma faute, alors que c'était quand même lui qui avait fait cuire nos vêtements.

J'ai glissé du minuscule banc de l'arrêt de bus pour la énième fois. Lycra + surfaces lisses = zéro adhérence.

– Il faut continuer vers l'ouest. Le premier bus arrive dans vingt minutes ; il va à Gileston. D'après les horaires, c'est à trente-deux minutes de route.

Ben a donné un coup de pied dans une canette de coca vide vers moi.

– Wahou. Quel plan !

Son intonation ne faisait pas franchement avancer la situation.

– C'est quoi ton plan à toi, Ben ?

Je crois que j'ai dû secouer la tête d'une manière un peu condescendante, parce qu'il a secoué la tête aussi.

– Un taxi ?

Je n'avais pas pensé au taxi. Inutile de le nier : ce n'était pas une mauvaise idée.

Charlie a dû penser la même chose parce qu'il a confirmé :

– Excellent plan, Batman.

– Tu vois, m'a dit Ben avec un sourire exagéré, c'est pour ça que je porte le meilleur costume.

On les a suivis, lui et sa démarche arrogante, jusqu'à la station de taxis. J'ai attendu qu'il soit à quelques mètres devant moi pour lui tirer la langue dans son dos. Une seule fois. Bon, d'accord, deux fois.

Il n'y avait qu'un seul taxi à la station. Il était gris métallisé avec écrit TAXI COLT en noir sur le capot. Soudain intimidés, Ben et Charlie m'ont poussé pour que je parle à l'homme hirsute installé au volant. Je l'ai observé par la vitre. Il avait le bras entièrement tatoué, avec le drapeau gallois, un dragon et une carte détaillée du pays de Galles qui devait être bien pratique pour un chauffeur de taxi.

Je me suis raclé la gorge.

– Pardon, monsieur. Combien pour une course jusqu'à Saint David's ?

Il m'a observé de pied en cape.

– Cent cinquante livres, mais pour toi, princesse, ça sera cent quarante-cinq.

Même si j'étais flatté que mon costume de Supergirl nous ait obtenu une réduction de cinq livres, nous étions bien loin d'avoir le compte.

– Bon, ben on va prendre le bus, a soupiré Charlie.

Alors que nous faisions demi-tour, la radio du taxi a bipé.

– Qu'est-ce que t'as pour moi, Dave ? a demandé l'homme hirsute dans son micro.

– Stu, le boss veut que tous les chauffeurs ouvrent l'œil pour trois garçons repérés en train de descendre de son bateau ce matin à l'aube.

Mon estomac s'est noué, j'ai failli vomir à l'intérieur du taxi par la fenêtre. Il ne faisait aucun doute que les trois garçons, c'était nous. On a échangé des regards inquiets.

Stu a appuyé sur le bouton de sa radio.

– Une description ?

On a rapidement mis nos masques.

– Euh, ouais. Ils sont en slip. Et l'un d'eux est en surpoids.

J'ai dégluti en m'efforçant de ne pas regarder Charlie, qui faisait de son mieux pour rentrer le ventre, mais le Lycra ne pardonne pas.

– Apparemment, ils auraient entre huit et seize ans.

Huit ? Huit ! Je ne voyais pas trop qui avait l'air d'avoir huit ans ! Avec le recul, je me dis que Stu parlait sûrement de Ben. Parfois il a l'air un peu immature, c'est vrai.

– Qu'est-ce qu'ils ont fait ? a demandé Stu en se curant les dents.

– Aucune idée. Mais le boss veut qu'on les retrouve. Il a pas l'air content.

– C'est noté, Dave. J'ouvre l'œil. J'ai trois gamins avec moi, là. Mais ils ont des fringues, ça c'est sûr, et l'un d'eux est une fille.

Je ne savais pas si je devais me sentir insulté ou soulagé.

Quand Stu a reposé le récepteur, j'ai dit, de ma plus belle voix de fille :

– Au revoir monsieur !

Et puis on a pris nos jambes à notre cou jusqu'à l'arrêt de bus.

Au coin de la rue, on a aperçu le 303 pour Gileston qui redémarrait. Ben a si bien sprinté qu'il a réussi à cogner à la porte. Le chauffeur nous a laissés monter à contrecœur, même si on était ses seuls passagers.

– Les gars, a dit Charlie qui haletait dans l'allée centrale. C'est quoi, cette histoire de bosse, à votre avis ? Quelqu'un se serait blessé ?

– Mais non, idiot, le boss, c'est un autre mot pour désigner le chef, a rétorqué Ben.

– Ah, ça paraît plus logique. Vous croyez que le bateau était à ce Boss ? À votre avis, il sait qu'on lui a volé ses… objets volés ?

Je me suis affalé sur le siège du fond entre Ben et Charlie.

– Je ne sais pas… peut-être que oui. Mais je suis bien content qu'on ne reste pas pour le découvrir.

– J'ai cru que notre heure avait sonné. Heureusement que Fred est joli comme un cœur, a plaisanté Ben en me pinçant les joues.

– Lâche-moi.

Je l'ai repoussé, je n'étais pas d'humeur.

– Ce matin a été un vrai cauchemar.

– C'est pas faux, a observé Ben.

Charlie a relevé son masque de Spider-Man sur sa tête.

–Vous ne pensez pas qu'il va nous poursuivre… le Boss ?

Il était aussi verdâtre que la fois où il a vomi après un manège à la fête foraine d'Andover.

– Non, il ne saura jamais que c'était nous, ai-je déclaré alors que mon cerveau était entré en ébullition.

Charlie a repris sa couleur rose normale.

– Eh, vous voulez une cacahuète ?

Par magie, il a sorti un sachet de cacahuètes de son costume.

J'ai penché la tête en arrière, les yeux fermés. Je ne voulais pas de cacahuètes. Je voulais seulement un peu de silence. Il fallait que je réfléchisse.

– On a eu assez de mésaventures pour toute la journée.

– Tu parles comme ma grand-mère, a gloussé Charlie. Oh, désolé, Fred, a-t-il repris, un peu décontenancé. J'avais oublié que ta Grams est morte.

– Ça va.

– Eh, Fred.

– Quoi, Charlie ?

– Tu crois qu'il y a un Giles qui est enterré à Gileston ?

– Charlie, on peut avoir un peu de silence ?

– Compris, Fred.

J'ai refermé les yeux en m'enfonçant dans mon siège. Au début, le calme et la tranquillité étaient bien appréciables, mais après je me suis mis à ressasser ce qui s'était passé. Et du coup, j'ai totalement paniqué.

Je n'arrivais pas à me débarrasser du sentiment qu'il y avait une chance pour que le Boss comprenne que c'était nous qui étions montés sur *Llywelyn le Grand*, avions cassé une porte, mis le feu, abîmé sa brosse à dents et volé ses bijoux. On avait sûrement laissé nos empreintes digitales partout.

Le plus intelligent aurait été de laisser tomber et de rentrer à la maison. Mais à la pensée de rentrer sans avoir rencontré mon père biologique, surtout après tout ce que nous venions de traverser, j'avais une horrible boule au ventre.

Je me rends compte maintenant que j'avais surtout mal au ventre à cause de Grams. Je crois que quand on est perdu dans un endroit inconnu, ce n'est pas si facile de comprendre les choses. Mais à ce moment-là, j'avais un seul et unique objectif : aller au bout de ce voyage pour retrouver Alan Grenouillet. Et pour y arriver, nous allions devoir nous montrer beaucoup plus prudents et faire profil bas. Ce qui signifiait : plus d'effractions, plus d'incendies accidentels, et plus de cambriolages.

Or faire profil bas s'est révélé bien plus compliqué que je ne m'y attendais.

CHAPITRE 15

C'est là que nous rencontrons Albert et Phyllis Griffiths.
Ah oui, et l'agent Mike aussi.

Les trente-deux minutes du voyage se sont déroulées sans incident notable, à part un moment où Ben a lancé une cacahuète directement dans la bouche de Charlie tellement fort que celui-ci a failli s'étrangler et s'est plaint d'avoir un bleu à l'épiglotte. Quand Ben a fini d'examiner l'intérieur de la gorge de Charlie et que ce dernier a cessé de parler de sa déchirure de l'épiglotte, je leur ai annoncé qu'à partir de maintenant, il fallait faire en sorte de moins attirer l'attention.

– Je suis tout à fait d'accord, a acquiescé solennellement Charlie, avant d'ajouter : Attirer l'attention, c'est-à-dire ?

– Il faut qu'on se fonde dans le décor, ai-je expliqué. Si on voit un danger, on part dans l'autre sens.

Charlie a hoché la tête puis il a craché dans sa main avant de nous la tendre. Je ne suis pas trop d'accord pour faire « juré-craché » parce qu'on a estimé qu'il y a plus de cent millions de bactéries dans chaque millilitre de salive, mais l'heure était grave, alors j'ai craché dans ma main et Ben aussi. Quand on les a serrées, j'ai essayé de ne pas penser à la jungle des trois cents millions de bactéries qui coulaient entre mes doigts. Même si c'était dégoûtant, ça m'a rassuré qu'on soit tous les trois d'accord.

Malheureusement, je n'ai pas été rassuré longtemps et notre promesse de nous fondre dans le décor s'est brisée avant même que la salive ait eu le temps de sécher. Et ça, c'est à cause de Phyllis et d'Albert… oh, et de l'agent Mike (lui aussi, il a sa part de responsabilité).

Nous sommes descendus du bus dans l'un des plus petits villages du sud du pays de Galles (d'après ce que je sais maintenant). Je me souviens avoir pensé : « Parfait, on ne s'attirera aucun ennui ici. » On avait juste à traîner un peu jusqu'à l'arrivée d'un autre bus qui allait dans la bonne direction.

La première personne que nous avons rencontrée à Gileston a été cette gentille vieille dame qui chantait un cantique à tue-tête. Elle clopinait sur le chemin, avec un bonnet de laine vert à pompon rouge sur la tête (qui m'a fait penser à Jeannot, le copain de Pierre Lapin) et en balançant son sac.

Elle était toute fringante. Je ne l'ai quittée des yeux que quand Charlie m'a donné un coup de coude.

– Regarde, Fred, qu'est-ce qu'il mijote, celui-là, à ton avis ?

Il désignait un vieillard accroupi derrière un muret de pierre. Il avait l'air louche. J'ignore si ça venait de ses yeux gris acier ou de ses sourcils broussailleux. Ou alors c'était peut-être à cause de la bêche qu'il tenait fermement dans ses vieilles mains tannées, depuis sa cachette.

– Je ne sais pas, Charlie, ai-je répondu, parce que je ne savais pas.

– En tout cas, il n'a pas l'air de faire du jardinage, a commenté Ben.

Le vieillard a passé la tête au-dessus du muret, avisé la petite vieille puis baissé la tête derrière le muret. La petite vieille continuait son chemin le long de la route en remerciant à pleins poumons le Seigneur pour toutes les créatures grandes et petites.

De nouveau, le vieillard a levé la tête, fixé la vieille dame puis baissé la tête. Ses lèvres remuaient comme s'il parlait tout seul. Il a serré encore plus sa bêche. Décidément, son comportement était très louche.

– Vous savez quoi ? a demandé Ben. Je crois qu'il compte taper sur cette petite vieille avec sa bêche.

Si ce n'était pas le cas, ça y ressemblait fortement.

– Qu'est-ce qu'on fait ? a repris Ben. On ne peut pas rester là sans bouger.

J'ai un peu honte d'admettre qu'une petite part de moi s'est dit que dévaler la rue habillés en super-héros ce n'était pas la meilleure façon de « nous fondre dans le décor ». Cependant, une plus grosse part de moi, moins égoïste, ne pouvait pas supporter de rester là à regarder une vieille dame qui ressemblait beaucoup à Jeannot Lapin se faire attaquer à coups de bêche. Alors j'ai baissé mon masque sur mon visage, passé ma cape derrière moi et je me suis précipité vers elle. D'accord, je me suis senti assez cool de me lancer au secours de quelqu'un avec ma cape qui volait dans mon dos.

Quand la vieille dame a crié les derniers mots de son cantique, le vieillard a surgi de derrière le muret en brandissant la bêche au-dessus de sa tête.

– Honte à toi, Phyllis Griffiths ! a-t-il hurlé.

Et aussitôt après, Charlie, Ben et moi nous sommes rués sur lui pour le plaquer au sol comme au rugby. Il s'est étalé sur le trottoir avec un cri étouffé. C'était plutôt cool.

Phyllis Griffiths a hurlé. Le vieillard a hurlé. On s'est accrochés à ses jambes aussi fort qu'on a pu pendant qu'il s'agitait comme un vieux poulpe en béret de tweed.

– Ne vous inquiétez pas, madame la vieille dame ! s'est exclamé Ben. On se charge de lui !

– B… B… Batman ? a balbutié la vieille dame.

Comme le vieillard furieux avec sa bêche était cloué au sol sous les fesses de Charlie, Ben l'a lâché pour tendre une main gantée à la dame.

– À votre service.

La vieille dame la lui a serrée lentement, le front de plus en plus ridé de perplexité.

– Qui êtes-vous donc ? Êtes-vous… Vous ne seriez pas…

Sans me laisser le temps d'ouvrir la bouche, Ben a repris :

– On est là pour vous aider, m'dame.

Comme un vrai super-héros !

Toujours coincé sous Charlie et moi, le vieillard a grogné :

– Lâchez-moi immédiatement ! Ce n'est pas Batman, Phyllis, c'est juste un gosse.

– Je ne suis peut-être qu'un gosse, a rétorqué Ben en soulevant son masque. Mais un gosse qui combat le mal !

Franchement, ce truc de super-héros lui était complètement monté à la tête.

Le vieillard a craché un rire mauvais.

– Combattre le mal ? C'est *elle* qui est pourrie jusqu'à la moelle.

Phyllis a levé les yeux au ciel.

– Oh, tais-toi un peu, Albert. Tu te donnes en spectacle.

Les évènements prenaient un tour intéressant.

– Vous connaissez ce monsieur ? ai-je demandé.

Phyllis Griffiths m'a scruté de la tête aux pieds.

– En effet, Wonder Woman, je le connais.

– Je suis Supergirl, ai-je corrigé avant de le regretter en découvrant le sourire narquois de Ben.

– Tu vois, m'a-t-il soufflé, je savais que tu entrerais facilement dans le personnage.

Je l'ai ignoré pour me tourner vers Phyllis.

– Comment vous connaissez ce monsieur ?

– C'est mon frère.

– Votre frère ? Mais il allait vous attaquer à coups de bêche !

En dessous de nous, Albert s'est tortillé.

– Je n'allais pas l'attaquer à coups de bêche.

Je l'ai écrasé un peu plus.

– On aurait bien dit en tout cas. Et on n'attaque pas les vieilles dames à coups de bêche, même si c'est sa sœur.

– Je n'allais pas lui faire de mal, je voulais seulement la menacer. Maintenant libérez-moi !

J'ai réfléchi un instant mais j'ai fini par décider que menacer quelqu'un avec une bêche constituait sûrement un délit, alors j'ai poursuivi mon interrogatoire.

– Pourquoi vous la menaciez ?

– Parce que tout a disparu et c'est sa faute. Je t'avais dit de ne pas les montrer à tout le monde, bien sûr tu n'as rien écouté, comme d'habitude. Maman nous les avait laissés à tous les deux.

Phyllis Griffiths a fouillé dans son sac, en a sorti une petite patate comme si c'était tout à fait normal et l'a jetée sur son frère.

– Encore cette histoire, Albert ?

La patate a raté de peu sa tête et a atterri sur le trottoir.

– C'est ta faute s'ils ont disparu, maintenant tu dois me rembourser ma part ! Donne-moi ce que tu me dois, a grondé Albert.

– Je vais surtout te donner une bonne correction !

Cette fois, Phyllis a sorti une poire de son sac pour la jeter dans sa direction. Elle a encore manqué sa cible et le fruit a touché un policier à l'air étonnamment jeune qui venait de déboucher du coin de la rue.

– Qu'est-ce que c'est que ce bombardement fruitier ? Est-ce que quelqu'un peut m'expliquer ce qui se passe ici ?

Il n'avait pas l'air content.

Charlie a bombé le torse.

– Monsieur l'agent, nous avons intercepté cet homme qui, d'après ce que nous savons, se nomme Albert.

Ben s'est avancé.

– Parce qu'il s'apprêtait à attaquer…

– À menacer ! a coupé Albert.

– D'accord, à *menacer* cette dame avec une bêche. Or nous autres, nous avons fait le serment d'explorer, de secourir et de protéger.

J'ai un peu rigolé parce que ça, c'était une réplique du dessin animé *Les Octonautes*. Ben s'était mélangé les pinceaux avec les serments de super-héros.

Le policier a croisé ses gros bras, levé les yeux au ciel en marmonnant quelque chose du genre : « Donnez-moi la force. » Ses quelques poils au menton scintillaient sous le soleil. Ça m'a rappelé Grams ; un soupir m'a échappé car son visage un peu poilu me manquait.

Le policier s'est tourné vers Phyllis.

– C'est vrai, Phyllis ?

– Oui, Albert allait me matraquer avec cette bêche.

– J'ai déjà dit que je n'allais pas t'attaquer, je voulais seulement te menacer… te faire un peu peur.

– Ah ! Me faire peur à moi ? Jamais !

Je l'ai crue. De près, on voyait qu'elle avait ce regard de vieille dame déterminée. Il arrivait à Grams d'avoir le même. Comme la fois où elle m'avait pris en train de cacher les brocolis dans ma poche au lieu de les manger, ou quand Papa avait voulu aller à la fête de retraite de M. Burnley en jogging. Et aussi le jour, en CE1, où elle avait débarqué à l'école quand je m'étais mis dans tous mes états parce que je n'avais pas de maman à qui écrire un poème pour la fête des Mères. Je donnerais tout pour revoir ce regard dans ses yeux.

Le policier s'est un peu redressé et a dit :

– Bon, je m'en charge.

Ce qui m'a semblé une bonne idée, parce que je n'avais pas le temps de rester assis sur un vieux, j'avais un Alan Grenouillet à retrouver.

Le policier a sorti son téléphone de sa poche.

– Je peux vous prendre en photo ?

– Pour les preuves ? ai-je demandé.

– Non, pour la gazette de Gileston. Je suis aussi le reporter du village. Trois enfants qui empêchent une agression, c'est l'histoire la plus importante qu'on ait eue ici depuis… eh bien, depuis toujours en fait.

Tout ça ne me semblait pas très professionnel.

– Il n'y a pas un conflit d'intérêts, à être policier et journaliste en même temps ?

– Ça n'a jamais posé de problème jusque-là. Allez, fillette. Une seule photo, s'il vous plaît ?

Je n'avais pas envie que tout le monde voie une photo de moi en Supergirl. Même si ce n'était que pour un journal local avec une douzaine de lecteurs. Alors j'ai dit :

– Pas de photo.

– Oh, allez, ne soyez pas timide. Vous me rendriez un fier service.

– Moi ça ne me dérange pas, a déclaré Ben.

Je lui ai décoché un regard qui signifiait « tu n'as pas intérêt à faire ça », mais soit il ne l'a pas vu, soit il m'a volontairement ignoré, parce qu'il a continué :

– Où est le meilleur éclairage ?

Comme Charlie prenait déjà la pose, j'ai compris qu'il ne fallait pas espérer de soutien de sa part non plus.

– On avait juré qu'on se fondrait dans le décor, ai-je soufflé.

Ben a fait claquer le dos de ma tenue en Lycra.

– Il n'y a pas de quoi t'entortiller le justaucorps, personne ne saura que c'est nous. Allez viens, on va se marrer.

Ils n'allaient pas céder, alors j'ai dit au policier-reporter :

– D'accord, mais on veut rester anonymes.

J'ai aussi forcé Ben et Charlie à remettre leurs masques, par prudence. Pendant qu'ils adoptaient différentes poses de super-héros, j'ai agité ma jupette sans conviction en me répétant qu'il était très peu probable que les actualités de Gileston dépassent les frontières du village. Mais tout de même, il y avait un Boss mécontent qui continuait peut-être à nous rechercher, et probablement des parents encore plus mécontents à Andover. J'ai repoussé tout ça dans un recoin de mon esprit, parce que je devais me concentrer sur mon voyage pour trouver le parent que je croyais devoir rencontrer à tout prix.

CHAPITRE 16

Victoire ! Nous trouvons un moyen de transport ! Plus ou moins.

Après la photo, l'agent Mike (le policier-reporter) a laissé partir Albert avec un avertissement sévère doublé d'un sermon sur les trente heures de travaux d'intérêt général qu'il devait effectuer. (C'était pour la fois où il avait fait entrer une chèvre dans le jardin de Phyllis pour qu'elle broute ses roses primées au concours floral.) Albert était un fauteur de troubles. Sa guerre contre Phyllis avait débuté quelques semaines plus tôt, à la suite d'un héritage familial. Depuis, il refusait de lâcher l'affaire.

Si l'un de nous avait songé à pousser l'interrogatoire un peu plus loin à cet instant, nous aurions découvert que nous étions en possession d'informations sur l'héritage en question. Mais on n'a pas demandé, par conséquent nous n'avons fait la relation que bien plus tard, quand le goéland est mort. (Vous comprendrez quand on y viendra.)

Mike a confisqué la bêche d'Albert, qui est rentré chez lui en traînant les pieds et en marmonnant dans sa barbe que c'était un flic véreux. Mike a été très vexé. Il s'est repris quand Phyllis lui a dit : « Tu es un policier très courageux, Michael. Tu es au-dessus de ça. »

Pour nous récompenser de notre comportement héroïque, Phyllis nous a invités à prendre le thé et à manger des gâteaux. Nous nous sommes concertés rapidement pour savoir si c'était une bonne idée, car après tout, Phyllis était une inconnue. Mais comme on avait tous très faim, et qu'il y avait un policier-reporter avec nous, on s'est dit que ce serait bête de refuser de la nourriture gratuite. On aurait peut-être refusé si elle nous avait expliqué plus tôt quel genre de nourriture nous allions ingurgiter. Il y a un temps d'adaptation nécessaire pour apprécier les chaussons poire-patate.

Sa maison était un petit pavillon de pierre au coin de la rue, à moins d'une minute de marche. Pendant que Phyllis s'affairait en cuisine, Mike s'est assis à la table, comme s'il était chez lui (plus tard, on a découvert qu'il était effectivement chez lui). Il a cliqué deux fois sur son stylo, très enthousiaste à l'idée d'écrire son article.

– Alors, racontez-moi ce qui vous amène à Gileston ?

Je me suis senti tout de suite mal à l'aise. J'allais tomber en miettes sous la pression d'un interrogatoire de police. Je risquais de tout balancer : on était des fugueurs, des délinquants, des voleurs et des pyromanes. On serait envoyés en maison de correction et je ne rencontrerais jamais Alan Grenouillet. Non… mieux valait se taire. J'ai tenté un regard « Taisez-vous » à Ben et Charlie.

Contre toute attente, Charlie n'a pas compris. Il a froncé les sourcils, puis il a commencé à parler :

– On cherche…

Je lui ai donné un coup de coude et un bout de patate (ou de poire ? Difficile à dire…) est tombé de sa bouche.

Ben, lui, a dû comprendre mon regard, parce qu'il est intervenu :

– On est en vacances avec la famille de Fred.

– Fred pour Frederica ? Comment ça s'écrit ?

– Fred pour Fred. F-R-E-D.

Mike m'a dévisagé avant de se reprendre :

– Désolé, mon gars. J'ai cru que tu étais une fille, avec la jupe et tout.

J'ai soupiré. Cette histoire de fille commençait à m'énerver. Charlie et Ben, eux, trouvaient ça hilarant. J'ai eu le temps de terminer un chausson poire-patate entier avant qu'ils s'arrêtent de rire.

– Alors, vous pouvez me donner vos noms complets ?

Le stylo de Mike planait au-dessus de son carnet.

– Charlie… Oh !

Je lui avais donné un coup de pied sous la table. Et puis j'ai dit :

– On préférerait rester anonymes.

Mike a hoché la tête alors que je l'ai vu écrire « Charlie Oh » sur son carnet. Quelle andouille.

Il ne m'avait pas l'air très inspiré.

– Vous ne m'aidez pas beaucoup, les garçons.

Phyllis a déposé une théière sur la table et lui a ébouriffé les cheveux.

– Ne t'en fais pas, tu vas trouver quelque chose qui donnera envie aux gens de te lire. Il suffit d'avoir le bon angle d'attaque.

Mike a gonflé les joues de dépit.

– Tu n'es pas en train de suggérer que je fabrique un article de toutes pièces, j'espère ? Parce que ça ne risque pas. Je préférerais mourir que de compromettre mon intégrité professionnelle.

Difficile de croire que ces mots sont sortis de sa bouche, vu ce qu'il a fait imprimer par la suite. L'agent Mike a trouvé le bon angle, c'est le moins qu'on puisse dire. Un angle à 180° de la réalité.

Phyllis nous a servi ensuite des scones betterave-framboise. Elle en a mis un dans mon assiette alors que je prononçais d'une voix très claire : « Non merci, je ne suis pas friand de la betterave. » C'est comme ça que Grams m'a appris à refuser poliment quelque chose que je n'ai aucune envie de manger.

Phyllis a étalé une épaisse couche de Marmite (c'est une pâte à tartiner) sur son scone, l'a trempé dans son thé et a entrepris de me fixer de ses yeux bleu laiteux, ce qui m'a fait une nouvelle fois penser à Grams. (Ses yeux, pas le scone à la Marmite.)

– Alors, où est ta famille ?

Comme c'était une grande question, j'ai demandé :

– Vous saviez que la Marmite est faite à partir de levure de bière et qu'elle a été inventée par accident ?

Phyllis a haussé un sourcil.

– Eh bien, si ce n'est pas un petit miracle.

La découverte de la Marmite n'est pas un petit miracle, toutefois je n'ai pas protesté, car je pensais avoir détourné son attention de ma famille.

– Qu'est-ce que vous faites tout seuls à Gileston, les garçons ?

Un morceau de betterave est resté coincé dans ma gorge. Je n'ai jamais été un bon menteur. Heureusement, Ben est doué. Il a adressé son plus grand sourire à Phyllis.

– Comme j'ai dit, on est en vacances et on a voulu explorer le coin.

– Je vois. Où logez-vous ?

Mon cœur martelait dans ma poitrine. Ben, lui, n'a pas bronché en affirmant :

– Dans un petit village pas très loin d'ici.

– À Llampha ?

– C'est ça.

– Est-ce qu'on devrait appeler quelqu'un pour qu'on vienne vous chercher ?

J'ai pris une grande inspiration. Ce n'était pas très intelligent de ma part parce que Phyllis s'est tournée vers moi. J'ai eu l'impression que le morceau de betterave dans ma gorge s'était trompé de chemin.

Les sourcils fripés de Phyllis se sont fripés de plus belle.

– Tout va bien, Supergirl ?

– Elle va bien.

Ben m'a tapé dans le dos. La betterave a retrouvé son chemin jusque dans ma bouche. J'ai bien mastiqué avant de l'avaler correctement.

– Tu veux que j'appelle tes parents ?

J'ai ouvert la bouche plusieurs fois de suite, avant d'articuler enfin :

– Huuum… oooh… euuuh…

Ben, lui, restait aussi immobile que les sandwichs concombre-marmelade intacts sur la table.

– Ce serait génial, mais ils sont partis en randonnée pour la journée. On va prendre le bus.

Il était si convaincant que même moi j'ai failli le croire.

– Vous n'aurez pas d'autre bus ici aujourd'hui. On est dimanche.

Phyllis agitait son scone en parlant. Un morceau est tombé dans son thé avec un « splotch » et a coulé. Comme tous mes espoirs. On n'atteindrait jamais Saint David's avant que quelqu'un s'aperçoive de notre absence.

J'ai enfin réussi à prononcer de vrais mots :

– Donc on est coincés ici ?

– Non, ce n'est pas bien loin. Je vais vous emmener ! s'est exclamée Phyllis en se débarrassant des miettes de scone sur ses mains.

L'agent Mike a haussé les sourcils très haut.

– Hors de question. Tu n'as pas le droit de conduire. Le puits que tu as quasiment détruit faisait partie du patrimoine historique, il avait trois cents ans.

– Vous aussi, vous avez du guacamole dans les yeux ? ai-je demandé en pensant à Grams.

Je ne crois pas que Phyllis ait entendu parce qu'elle a reniflé très fort avant de s'en prendre à l'agent Mike :

– Ne l'écoutez pas, il a du *fish and chips* à la place du cerveau. Je suis une excellente conductrice.

L'agent Mike est devenu violet. Il a tapé des deux poings sur la table ; toute la vaisselle a fait un bond.

– Ne critique pas mon autorité en public, tante Phyllis !

Ils se sont dévisagés pendant une bonne minute. Charlie a croisé mon regard en murmurant :

– Malaise…

Phyllis a croisé fermement les bras. Je percevais d'assez fortes vibrations de vieille dame furieuse. Même si mon cœur penchait nettement du côté de Phyllis, ma raison s'alignait l'avis de l'agent Mike : mon expérience avec les vieilles dames au volant m'avait rendu naturellement prudent. Je n'étais pas vraiment tenté de monter en voiture avec elle, surtout qu'elle avait ignoré ma question sur le guacamole.

– Si Mike avait obtenu son permis de conduire, il aurait pu vous escorter, a lancé Phyllis avant de terminer son thé d'un coup et de se lever. Mais il l'a raté. Allez les garçons, rassurez-vous. J'ai quelque chose dans l'abri de jardin qui peut vous être utile.

Nous l'avons suivie dehors pendant que l'agent Mike disparaissait pour écrire son article (comme nous l'avons constaté plus tard) fondé sur des faits totalement erronés. Phyllis a ouvert les portes de son abri en criant :

– Ta-dam ! Ils sont à vous si vous les voulez. Ils vous ramèneront à Llampha sans problème.

Entre les toiles d'araignées, les pots de fleurs et la tondeuse à gazon, se trouvaient un vieux canoë kayak et un rameur. Il commençait à être clair que Phyllis avait l'esprit dérangé. Avec Ben et Charlie, on a échangé des regards qu'elle a dû intercepter parce qu'elle a demandé :

– Qu'est-ce que vous en pensez ?

Comme je ne voulais pas la brusquer, j'ai répondu :

– C'est génial, merci. Hélas, on n'est pas très doués avec des pagaies.

Phyllis, de son côté, n'en avait que faire de nous brusquer.

– Mais non, têtes de pioches, les vélos ! J'ai pensé que vous pourriez prendre les vélos.

C'est là que j'ai découvert dans un coin de l'abri un vélo très long et un vélo très vieux.

– On peut mettre un peu de temps à maîtriser le tandem, mais je suis sûre que vous y arriverez.

J'ai escaladé le bazar jusqu'aux bicyclettes.

– Vous nous les donnez ?

– Je ne m'en sers pas. À cause de mes hanches.

Ce n'étaient pas les vélos les plus cool du monde. Le normal avait un panier en osier à l'avant et il était couleur lilas avec des pompons rose fluo accrochés au guidon. Le tandem devait dater du temps des mammouths laineux. Mais bon, c'étaient des moyens de transport.

– Il faut regonfler les pneus ; à part ça, ils sont plutôt en bon état.

Ça dépendait des points de vue, toutefois je n'allais pas refuser la proposition pour un peu de rouille. J'ai attrapé le tandem.

– C'est très généreux de votre part.

– Il va vous falloir des casques, bien sûr. Je vais demander à Mike de vous en dégoter au commissariat. En attendant, entraînez-vous à manœuvrer ce tandem dans le jardin.

Avant qu'elle rentre dans la maison, j'ai demandé, sans réfléchir :

– C'est loin d'ici, Saint David's ?

– Pourquoi ?

– Je me demandais, c'est tout.

– Ça doit être à cent soixante kilomètres, a estimé Phyllis avant de passer la porte.

– Cent soixante kilomètres.

J'ai enfourché le siège avant du tandem. Cent soixante kilomètres, ce n'était pas si loin. J'ignorais ce qu'en penseraient mes copains.

J'avais à peine ouvert la bouche que Ben m'a coupé la parole :

– Tu as cet air.

– Quel air ?

– Le même air que quand tu nous as fait déshabiller une famille d'épouvantails pour leur voler leurs costumes de super-héros, a-t-il déclaré, soupçonneux. Oh non. Non, non, non, non, non. Tu veux qu'on aille jusqu'à Saint David's à vélo, c'est ça ?

– Ce n'est pas une *si mauvaise* idée. Qu'en dis-tu ?

Il a levé la tête vers le ciel en soufflant très fort.

– J'en pense que si j'accepte de pédaler pendant cent soixante kilomètres jusqu'au point le plus à l'ouest du pays de Galles, ce ne sera pas sur un vélo mauve avec des pompons à paillettes. Ce vélo est fait pour Supergirl.

Une petite étincelle m'a parcouru. Il n'avait pas dit non.

– D'accord, donc si je prends le vélo mauve, tu le fais ?

– J'imagine que oui. Si tu le veux vraiment.

C'était une méga bonne nouvelle.

– T'es le meilleur.

– Je sais… Et puis, je ne suis pas pressé de rentrer à la maison, a-t-il murmuré.

Un toussotement grognon derrière nous m'a rappelé que Ben n'était pas la seule personne à convaincre.

– Donc si Ben est le meilleur, je suis quoi, moi ?

J'ai regardé Charlie en ouvrant de grands yeux. Les mains jointes, je l'ai supplié à genoux.

– Super-génial-meilleur-ami-à-égalité ?

– Lève-toi, a-t-il râlé, et arrête de faire l'idiot. Je viens. Plus loin je serai du camp du Soja Rabat-joie, mieux je me porterai. Mais si on reste encore une nuit, il vaudrait mieux appeler chez nous avec une bonne excuse.

– C'est une idée super géniale de mon meilleur-ami-à-égalité.

– Le cerveau de la bande, c'est tout moi, a conclu Charlie en enfourchant le siège arrière du tandem.

Puis il s'est écrié :

– Eh, où est le guidon ?

Ben a levé les yeux au ciel.

– T'es monté à l'envers, mon pote.

CHAPITRE 17

C'est là que nous rencontrons Sheila.

Comme Mike se trouvait dans une des chambres à l'étage et que Phyllis était occupée à la cuisine, on en a profité pour appeler en vitesse chez nous depuis son téléphone fixe. On a tous raconté le même bobard : on restait les uns chez les autres une nuit de plus et nos téléphones buggaient.

Quand Ben a appelé chez lui, c'est Becky qui a répondu. Selon lui, ça n'avait pas l'air de la déranger qu'il ne rentre pas encore, puisqu'elle avait l'air plus contente qu'autre chose. Elle lui a juste rappelé de se tenir à carreaux avant de raccrocher. Ben a eu l'air un peu plus agité après l'appel.

C'est l'une des trois sœurs de Charlie qui a répondu à son appel. Il y avait beaucoup de bruit derrière elle. Après pas mal de hurlements, sa mère a fini par prendre le combiné pour lui faire promettre de manger sainement, de faire attention à ses manières et lui dire qu'ils reparleraient de ce qui était arrivé à son téléphone à son retour.

Papa a répondu à la première sonnerie.

– Fred, j'essayais justement de t'appeler. Tout va bien ?

Je n'en étais pas vraiment sûr, mais j'ai trouvé sa voix un peu triste, ce qui n'a pas facilité mon mensonge.

– Oui, désolé, j'ai cassé mon téléphone. Toi, ça va ?

– Oui, bien… Tu me manques, fiston.

Je me suis senti mal en entendant ça.

– Toi aussi…

J'ai dégluti, puis j'ai dit tout le reste d'un coup :

– Est-ce que je peux rester encore cette nuit ?

Il y a eu un silence.

– Bien sûr, fiston. Si tu en as envie.

– C'est juste que Ben et Charlie vont bientôt partir en vacances.

Ce n'était pas vraiment un mensonge.

– Je comprends. Ne t'en fais pas pour ton vieux père. M. Burnley est passé me voir, il garde un œil sur moi.

– On aura plein de temps ensemble quand je rentrerai.

– Oui, bien sûr, Fred. Amuse-toi bien avec tes copains.

– Merci, Papa. Je t'aime.

– Moi aussi je t'aime, Fred.

– Prends soin de toi. Et essaie de manger un petit déjeuner équilibré.

J'ai entendu le *pschitt* d'une canette de bière.

– Je suis fier de toi, Fred.

J'ai eu l'impression d'être la personne la plus horrible du monde.

Ben a dû comprendre que quelque chose clochait parce qu'il a demandé si ça allait dès que j'ai raccroché.

– Ça va, ai-je répondu. Et toi ?

Il a fait signe que oui, pourtant sa façon de dire « Oui, tu sais ce que c'est » m'a fait penser que ça n'allait pas. Du tout.

Il était midi passé quand nous sommes enfin partis de chez Phyllis sur nos nouveaux vieux vélos. Comme elle avait bombardé Albert et Mike de patates et de poires le matin même, elle n'avait plus d'ingrédients pour nous confectionner d'autres chaussons, alors à la place, elle a insisté pour qu'on emporte les restes de sandwichs concombre-marmelade pour la route. De façon surprenante, ils se sont révélés plutôt bons.

L'agent Mike nous a crié au revoir depuis l'étage. Il avait l'air surexcité. Quand on est partis, on l'a entendu hurler quelque chose qui ressemblait à : « Déjà sept cents lecteurs, c'est un record ! C'est un miracle, tante Phyllis ! »

Ce n'était pas un miracle, c'était le pouvoir d'Internet combiné à celui d'une histoire de super-héros très, très exagérée. À l'époque, je ne savais pas de quoi il parlait. On l'a découvert plus tard.

Pendant que nous pédalions, je me suis assuré que mes copains comprennent bien le plan :

– Il faut qu'on roule le plus loin possible jusqu'à la tombée du jour et après on trouvera un hôtel ou une auberge de jeunesse pour la nuit.

– Tant que ce n'est pas un bateau, a rétorqué Ben.

J'ai vérifié combien de sous j'avais dans mon caleçon.

– On a 40 livres. Je pense qu'on peut facilement parcourir les cent soixante kilomètres en un jour et demi.

Manifestement, je pensais mal, mais à ce moment-là, j'avais une foi absolue dans nos capacités de cyclistes. Je crois que porter un costume de super-héros a tendance à vous conférer une confiance illimitée.

Arrivés à la moitié de la première colline, Ben a compris son erreur de m'avoir laissé le vélo lilas. Il devait pédaler deux fois plus fort pour transporter le poids de Charlie.

Il n'arrêtait pas de crier :

– Tu es sûr que tu pédales, à l'arrière ?

À quoi Charlie répondait :

– Comme un dingue, mon pote.

Même si moi, je voyais bien que c'était Ben qui faisait tout le boulot.

J'allais le dénoncer quand Ben m'a dit :

– Qu'est-ce qui te fait rire, Supergirl ?

Alors j'ai fermé ma bouche et j'ai accéléré jusqu'en haut de la côte.

Au sommet, j'ai fait une découverte pour le moins surprenante. Il y avait un mouton allongé sur le dos au milieu de la route, les quatre pattes en l'air.

Quand Ben et Charlie m'ont enfin rejoint, j'avais laissé mon vélo contre un buisson et je me tenais au-dessus du mouton en me demandant quoi faire. Haletant, Ben a arrêté le tandem à côté de moi.

Horrifié, Charlie s'est écrié :

– Fred ! Qu'as-tu fait à ce mouton ?

– Rien. Je l'ai trouvé comme ça.

Ben est descendu de vélo pour venir jeter un œil.

– Il vit encore ?

Le mouton a agité un peu les pattes, comme s'il puisait dans ses dernières forces.

– Oui ! Mais il n'a pas l'air bien vif.

– D'où il vient, à votre avis ?

Charlie a levé la tête comme si le mouton avait pu tomber du ciel.

– En tout cas pas de là-haut ! ai-je commenté. Il faut qu'on le retourne. J'ai lu quelque part que les moutons ne peuvent pas se relever quand ils sont sur le dos.

Charlie a froncé les sourcils.

– Tu lis des trucs bizarres, Fred.

Ben s'est accroupi.

– Alors c'est parti. Il est temps de jouer les héros ! Spidey, Supergirl, attrapez ce mouton, et à trois, on soulève. Prêts ? Un, deux, trois…

Étant donné que les moutons ressemblent à de gros nuages blancs, j'avais mal évalué le poids de cet animal. J'ai cru qu'on n'allait pas y arriver, mais comme tout super-héros qui se respecte, on n'a pas baissé les bras et on a fini par remettre le mouton sur ses pattes.

– Allez, Sheila, l'a encouragé Charlie. Tu peux t'en aller. Va retrouver ta famille.

– Sheila ? a répété Ben.

– Elle a une tête à s'appeler Sheila, vous ne trouvez pas ?

J'ai haussé les épaules.

– Si, peut-être.

Sheila a incliné la tête comme pour dire « Merci, courageux super-héros », puis elle a disparu dans les champs par un trou dans une clôture. On est remontés sur nos vélos, assez fiers de nous.

Quand on a atteint le village voisin, j'avais l'impression qu'on pédalait depuis des lustres. J'avais mal aux fesses, les jambes fatiguées et mon costume trempé de sueur. Et des petites bosses jaunes bizarres s'étaient formées dans mes paumes.

Épuisés, on a laissé les vélos dans la pelouse devant l'épicerie du coin. D'après mes estimations, on avait parcouru au moins cinquante kilomètres. On a acheté trois canettes de Fanta et trois barres chocolatées pour le goûter. J'en ai profité pour interroger l'épicier (un homme à rouflaquettes qui ressemblait un peu à un vieux légume).

– Excusez-moi, monsieur, ai-je demandé en déposant cinq livres sur le comptoir, vous auriez l'heure, s'il vous plaît ?

Sans lever les yeux de son petit écran de télé, il a répondu :

– Il est presque 14 heures.

Ça n'avait aucun sens. On ne pouvait pas avoir pédalé pendant moins de deux heures.

– On est loin de Gileston ?

– Un peu moins de dix kilomètres, à vol d'oiseau.

– C'est tout ?

Il m'a rendu ma monnaie.

– Désolé, petite, on ne peut pas rallonger la route.

Je me suis tourné vers mes copains.

– Ça veut dire qu'on se déplace à moins de cinq kilomètres à l'heure. On serait allés plus vite en marchant.

– C'était très pentu, a commenté Charlie.

– Et venteux, a ajouté Ben.

– Et il y a eu Sheila, a précisé Charlie.

– Vous savez combien de temps ça va nous prendre pour faire cent soixante kilomètres à vélo ?

– Cinq cent soixante heures ! s'est indigné Charlie en s'appuyant contre le comptoir. Je ne vais pas pouvoir rester assis sur cette selle pendant cinq cent soixante heures.

Pas très gentiment, Ben a rétorqué :

– Charlie, idiot, ça fait à peu près trente-deux heures. C'est bien moins, même si ça reste très long.

Charlie n'a jamais été très fort en maths, mais il est doué pour les langues. Il en a même inventé une quand on était en CE2.Il a passé la moitié de l'année à nous parler en charlien.

La cloche de l'épicerie a tinté derrière nous quand j'ai refermé la porte.

– On n'arrivera jamais à faire soixante-dix kilomètres de plus aujourd'hui et quatre-vingts demain. Qu'est-ce qui m'a pris de décider ça ?

– Allez, courage ! Les super-héros ne se lamentent pas sur leur sort.

Ben a ouvert sa canette juste sous mon nez et le Fanta m'a giclé dans les yeux.

– Il faut qu'on ajuste notre plan, c'est tout. Qu'on trouve un super-plan.

CHAPITRE 18

Où nous faisons accidentellement quelque chose qui ressemble plus ou moins à un acte héroïque

Allongés dans l'herbe, on regardait les nuages en essayant de réfléchir à un super-plan, mais on n'a pas eu le temps de le trouver parce que l'épicier est sorti en trombe de son magasin en pointant son doigt boudiné sur nous.

– C'est vous, n'est-ce pas ? Les costumes… ce sont les mêmes. C'est vous, je sais que c'est vous !

On s'est retournés pour voir à qui il parlait. Il n'y avait que nous.

Charlie a englouti la fin de sa barre chocolatée.

– C'est nous quoi ?

L'épicier sautillait sur place, le visage tout rose.

– Venez voir, vite !

On l'a suivi dans l'épicerie. Il a montré la télé avant de joindre ses mains grassouillettes.

– Vous voyez, c'est vous, non ?

Je me suis arrêté net.

Il avait raison. C'était nous. Dans les *Actus sud-galloises*. Assis sur Albert.

– Quand vous êtes entrés, a expliqué l'épicier, je ne savais pas que vous étiez de véritables super-héros. J'ai cru que vous étiez seulement déguisés.

J'écoutais à peine, parce que l'agent Mike était apparu à l'écran, tout sourire. Une femme en tailleur bleu vif avec des cheveux comme un nuage tenait un micro.

– Je me trouve avec Mike Griffiths, le journaliste qui a rapporté cette nouvelle miraculeuse. Combien de *likes* a engendrés votre histoire sur Twitter ?

– Un peu plus d'un demi-million en quelques heures.

– Un demi-million ! ai-je crié.

Difficile de croire que l'information avait voyagé aussi vite, mais Internet est un média puissant. Plus tard, on a découvert que la dame aux cheveux nuage était en fait une petite cousine de l'agent Mike. Elle était en train de filmer un groupe de scouts qui avaient fait vœu de silence pour une œuvre caritative dans un village à quelques kilomètres. Apparemment, ça ne passionnait pas l'audimat, alors, quand l'agent Mike l'avait contactée, elle s'était précipitée pour lui poser des questions telles que :

– À votre avis, pour quelles raisons ce super-trio a-t-il captivé tout le pays ?

– Il y en a tellement, Carys. Déjà, leur courage. La photo ne montre qu'un seul des assaillants, or ils étaient à dix contre trois. C'est réellement prodigieux.

C'était le premier des énormes bobards de l'agent Mike. Comme s'il y avait dix personnes qui traînaient à Gileston.

– Ensuite, ils semblaient doués d'une force surhumaine…

Hein ? Les mensonges se bousculaient dans sa bouche, ma parole.

– Et puis ils sont sortis de nulle part et ils ont disparu aussi vite qu'ils étaient apparus.

Rien dans notre départ à vélo n'était allé vite.

– Donc nous ignorons qui sont ces trois héros ?

J'ai retenu ma respiration.

– Je crois que l'un d'eux se nomme Charlie Oh. C'est tout ce que j'ai.

– Merci, Mike.

La femme aux cheveux nuage s'est tournée face à la caméra.

– Nous pouvons tous dormir sur nos deux oreilles : de véritables super-héros veillent sur nous. Si vous les croisez, appelez-nous. Nous adorerions leur parler ! C'était Carys Griffiths en direct depuis Gileston, à vous les studios.

On est restés scotchés devant l'écran où monsieur Météo nous expliquait qu'il allait faire encore beau et chaud avec une possible averse de super-héros.

Le flash d'un appareil photo m'a sorti de mon état méditatif.

Aveuglé, j'ai demandé :

– Qu'est-ce que vous faites, monsieur l'épicier ?

– Je poste cette photo sur le compte Twitter des *Actus sud-galloises*. De vrais super-héros dans ma boutique… Imaginez les retombées financières pour les affaires !

Puis il a disparu derrière la caisse.

Mon instinct m'a dicté que ce n'était pas du tout une bonne idée, alors je lui ai couru après.

– On n'est pas des vrais super-héros, monsieur, promis !

– Bien sûr que si.

– Mais non !

– Si Carys Griffiths des *Actus sud-galloises* le dit, et que moi je le dis, c'est que vous l'êtes, d'accord ?

Je n'étais pas d'accord, mais j'avais le sentiment que la vérité ne le préoccupait pas plus que ça.

Malheureusement, ce qui s'est passé ensuite n'a rien fait pour appuyer mes arguments puisque, par le hasard le plus total, nous sommes encore passés pour de vrais super-héros.

Il y a eu une sorte de grondement venant de l'extérieur qui a fait vibrer la vitrine du magasin. Dehors, quelqu'un tout vêtu de cuir venait de garer sa moto. On aurait dit un Power Rangers passé du côté obscur. Tout de suite, moi j'ai pensé que c'était le Boss. Je me suis tétanisé. En fait, mon corps a eu une réaction tellement violente que mon slip s'est coincé tout seul entre mes fesses. À mon avis, elles se sont contractées si fort qu'elles ont englouti une partie de mon costume l'espace d'un instant.

Terrifié, et relativement mal à l'aise, j'ai observé le type descendre de moto et se diriger vers l'épicerie. On n'avait plus le temps de se cacher. Plus le temps de fuir. Ça sentait mauvais. Très, très mauvais. Je l'ai compris à cause de ceci :

Indice n° 1 : Le motard n'a pas retiré son casque en entrant dans le magasin.

Indice n° 2 : Il tenait un pistolet.

Indice n° 3 : Il a dit : « Mesdames et messieurs, bonjour. Veuillez avoir l'amabilité de rester calmes pendant toute la durée du hold-up, merci. »

J'avoue que pour un braqueur, il était très poli. Ça donnait presque envie de faire ce qu'il demandait. L'épicier, qui n'était pas du genre à suivre les instructions, s'est évanoui sur-le-champ. On aurait sûrement tous dû faire comme lui, mais il se trouve que nous sommes restés cent pour cent conscients.

– Vous… vous êtes le Boss ? ai-je bégayé.

Le casque s'est tourné vers moi.

– Qui ça ?

J'ai dégluti.

– Rien, rien.

Nous n'étions pas braqués par le Boss. C'était un autre criminel. Même si ce n'est pas quelque chose que je ferais tous les dimanches, je me suis quand même senti un peu mieux.

Le voleur a lancé un cabas à Charlie.

– Spider-Man… Je peux t'appeler Spider-Man ?

Charlie n'a pas répondu.

– Je prends ça pour un oui. Spider-Man, puis-je te demander d'avoir la grâce de remplir ceci avec le contenu de la caisse, s'il te plaît ?

Charlie ne répondait toujours pas, il gémissait de terreur, ce qui semble être un comportement très raisonnable dans de telles circonstances.

– Je me permets de saisir l'occasion pour vous rappeler que ceci est un pistolet, et qu'il est chargé.

Ben a dégluti. J'ai dégluti. Charlie a gémi un peu plus fort.

– Donc si tu pouvais ouvrir la caisse, à présent…

Il y a eu un silence gêné, puis Ben a donné un petit coup de coude à Charlie, qui a fini par se remettre en marche. Il est passé derrière le comptoir, où il a trifouillé la caisse.

– Je ne peux pas. Elle est fermée. Je ne sais pas comment faire.

– Puis-je insister pour que tu réessayes ? Peut-être avec un peu plus de conviction, cette fois ?

Charlie a tapé plus fort, puis il l'a soulevée pour la secouer.

– Vous pouvez insister tant que vous voulez, elle ne s'ouvre pas.

– J'ai bien peur de ne pas pouvoir me contenter de repartir les mains vides.

Le braqueur n'avait pas l'air très content ; je n'ai pas pu m'empêcher d'avoir l'impression que nous le laissions tomber.

– Je vais essayer.

Ben s'est faufilé à côté de Charlie pour appuyer sur toutes les touches de la caisse.

Le voleur commençait à s'agiter, alors je me suis demandé : « Que ferait Supergirl ? » Comme je ne me pensais pas capable d'effectuer un coup de pied retourné pour lui arracher le pistolet des mains, j'ai plutôt décidé de me servir de mon pouvoir de persuasion.

– Si ça ne s'ouvre pas, ai-je glissé, vous pouvez toujours vous servir dans les barres chocolatées, non ?

Ma suggestion n'a pas eu l'air de lui plaire parce qu'il a répondu :

– Je n'irai pas très loin avec des KitKat, mademoiselle. À présent, si quelqu'un pouvait avoir la gentillesse d'ouvrir cette caisse avant que la situation ne prenne un tour *déplaisant.*

L'atmosphère se tendait de plus en plus. Le braqueur ne voulait pas repartir les mains vides, or la caisse ne s'ouvrait pas. Même en la faisant tomber par terre.

Alors que la situation menaçait de prendre un tour *déplaisant*, Ben a pris la parole :

– Et ça ? Ce n'est pas de l'argent, mais c'est mieux que les KitKat.

Il a enfoncé la main dans son costume et je n'avais vraiment AUCUNE idée de ce qu'il allait en sortir.

– C'est de l'or pur. Inestimable. Elle est passée dans l'émission *Antiquités Show*, et tout.

Je suis resté bouche bée. Ben tenait un des deux anneaux en forme de cygne.

– Ben ! Tu as pris ça ?

Il a haussé les épaules.

– Je me suis dit qu'on en aurait peut-être besoin, au cas où.

– Au cas où quoi ?

– Oh, je ne sais pas. Si on se retrouvait au milieu d'un hold-up, par exemple.

Vu les circonstances, je ne pouvais pas vraiment le contredire.

– Merveilleux, ça fera parfaitement l'affaire.

Le braqueur a pris la bague qu'il a levée à la lumière pour l'observer. Il a dû apprécier ce qu'il voyait parce qu'il a voulu la glisser dans sa poche, mais son pantalon de cuir était trop moulant.

– Ce fut un plaisir de faire affaire avec vous, a-t-il conclu en agitant son pistolet vers nous une dernière fois, avant de disparaître par la porte.

On a entendu le bruit de sa moto, le crissement des pneus sur l'asphalte, et il est parti.

Au bout de quelques instants, j'ai conclu :

– Bon, pour un hold-up, ça s'est pas trop mal passé.

Ben s'est écroulé par terre comme un ballon qui se dégonfle et Charlie s'est emparé d'une barre de céréales géante sur l'étagère pour croquer dedans sans même enlever l'emballage.

L'épicier a dû penser que c'était le bon moment pour revenir à lui, parce qu'il s'est relevé d'un coup de derrière le comptoir.

– Il est parti ?

– Oui, il est parti, a confirmé Ben.

Moi, j'avais envie d'ajouter : « Pas grâce à vous. »

L'épicier s'est précipité sur la caisse, il a appuyé sur un bouton latéral et le tiroir s'est ouvert. On a tous fait : « Aaaah, c'est comme ça que ça s'ouvre. »

– Tout est là ! Le voleur n'a pas pris d'argent ?

– Non, il n'a pas pris d'argent, a répondu Ben.

L'épicier s'est tourné vers nous avec un étrange éclat d'émerveillement dans les yeux.

– C'est un miracle ! Vous êtes vraiment des super-héros !

Inutile d'essayer de protester. Il nous était tellement reconnaissant. Je veux dire : *vraiment très reconnaissant*. Il n'arrêtait pas de nous serrer la main et de nous remercier encore et encore. Il a répété tellement de fois qu'on était ses super-héros miraculeux qu'on a presque failli y croire. Je pense que même s'il n'y a pas eu de coup de pied retourné ni de démonstration de force surhumaine, une toute petite part de nous a eu l'impression qu'on était des super-héros juste parce qu'on s'en était sortis indemnes.

L'épicier nous a offert une boîte de chocolats en récompense et, en la mettant dans le panier de mon vélo, Ben m'a dit :

– Tu sais quoi, Fred, si on arrive à se sortir d'un braquage, on a toutes les chances de retrouver Alan Grenouillet.

Et Charlie a ajouté :

– Ouais, rien ne peut nous arrêter.

Et vous savez quoi ? C'est ce que j'ai pensé aussi.

CHAPITRE 19

Je finis par faire un peu la tête à cause de notre situation et je m'en prends à ma cape.

Au milieu de notre année de CM2, Mme Walker nous a fait un sermon sur l'importance de ne pas oublier d'apporter notre rapporteur en géométrie. Elle avait même affiché une pancarte à la porte de notre classe qui indiquait : « Quand on échoue à se préparer, on se prépare à échouer », ou un truc comme ça. À l'époque, je n'ai pas compris pourquoi c'était si important, les rapporteurs, mais là, assis sur la pelouse devant l'épicerie, en songeant au long voyage jusqu'à Saint David's qui nous attendait, j'ai eu une révélation. Mme Walker ne parlait pas seulement de matériel de géométrie. Elle parlait de la vie en général.

Même si on était maintenant des presque-super-héros, et que j'avais un peu plus confiance dans nos chances de réussir, je me suis fait la réflexion qu'un peu de préparation se révélerait une bonne idée. Pendant que Ben et

Charlie prenaient le soleil, j'ai donc décidé d'évaluer notre situation. C'est là que j'ai listé les faits préoccupants suivants :

1. Un criminel avait volé notre bague volée.
2. Il allait sûrement essayer de la revendre au marché noir.
3. La nouvelle arriverait peut-être aux oreilles du Boss.
4. Le Boss risquait de découvrir que la bague venait de trois gamins déguisés en super-héros à Llampha.
5. Ce n'était plus qu'une question de temps avant que le Boss nous retrouve.

Après avoir ravalé le petit rot de vomi qui était remonté par surprise dans ma gorge, je savais qu'il fallait mettre les voiles.

J'ai donné un coup de pied aux autres pour les réveiller.

Charlie s'est redressé, confus.

– Ça va, Fred ? Tu as l'air bizarre.

Je ne me sentais pas en pleine forme, mais je devais garder le cap.

– Il faut qu'on file d'ici. Tout de suite.

– On ne peut pas juste…

– Non, on s'en va, et on doit changer de vêtements.

– Toi aussi tu as fait pipi dans ton costume ? a demandé Charlie.

– Beurk ! Pas du tout.

Ben m'a adressé un grand sourire.

– C'est pas grave si t'as fait pipi. On a vraiment eu peur.

– Je te dis que je n'ai pas fait pipi.

J'avais peut-être laissé échapper quelques gouttes, mais il n'avait pas besoin de le savoir.

– Moi non plus, a soufflé Charlie.

Cependant, je n'ai pas pu m'empêcher de remarquer une tache plus sombre vers l'entrejambe de Spider-Man.

– On s'occupera des vêtements plus tard, mais il faut vraiment qu'on s'en aille, *maintenant*.

– Pourquoi si vite ? a interrogé Ben.

– Si ce type raconte à qui que ce soit où il a eu l'anneau volé, le Boss risque de venir nous chercher et on n'est pas durs à repérer. Vous voyez beaucoup d'autres enfants déguisés en super-héros dans le coin, vous ?

Ben a blêmi.

– Je… je n'avais pas pensé à ça.

– C'est pour ça qu'on doit s'en aller rapido.

Charlie n'a pas eu besoin de se le faire dire deux fois. Il était en selle et pédalait déjà alors que Ben n'avait même pas encore enfourché le tandem. Heureusement pour ce dernier, c'est difficile de guider un tandem depuis le siège arrière, donc Charlie s'est étalé au bout de quelques mètres.

Ben n'était pas ravi d'avoir été abandonné sur le bord de la route.

– Tu as essayé de partir sans moi ! Espèce de… de… lâcheur !

Charlie est sorti de sous le vélo.

– Désolé, mon pote. J'ai paniqué.

– Tu pourrais économiser ton énergie pour quand on aura une côte à monter ?

On est sortis de Llampha sans savoir vraiment où on allait à part le plus loin possible de la scène du braquage. Mme Walker aurait sûrement considéré ça comme un échec de préparation.

Après notre sprint initial, notre allure a ralenti ; je me suis davantage concentré sur notre direction. On est restés sur les petites routes parce que j'ai pensé qu'on aurait moins de chances de se faire remarquer. J'avais raison. Les routes sont devenues de plus en plus petites jusqu'à ressembler plus à des chemins. Au bout d'une heure à nous enfoncer dans la campagne, on n'avait toujours croisé personne. En fait, on n'avait croisé aucun signe de vie à part pas mal de moutons. Naturellement, Charlie voyait Sheila dans chaque mouton qu'on rencontrait.

J'ai commencé à m'inquiéter un peu : je n'avais aucune idée d'où nous nous trouvions. Après avoir dépassé des moutons à l'air de plus en plus familier pour la troisième fois, j'ai compris que nous pédalions en rond. J'ai gardé cette information pour moi pendant encore trente minutes, jusqu'à ce que ma nervosité et le frottement du Lycra contre mes fesses sur la selle deviennent trop lourds à porter. J'ai freiné dans un champ pour avouer à mes copains que nous étions complètement perdus au fin fond du pays de Galles.

J'ai posé mon vélo contre une clôture avant de m'écrouler dans l'herbe. Ma cape s'est accrochée à un clou qui dépassait et m'a étranglé. Me sentir agressé par mes propres vêtements, c'est la goutte d'eau qui a fait déborder le vase. J'ai retiré ma cape et j'ai essayé de la déchirer. J'ignore qui a inventé le Lycra, mais il savait ce qu'il faisait : c'est étonnamment difficile à déchirer. Doublement furieux, j'ai piqué une crise. Je l'ai jetée par terre et j'ai sauté dessus à pieds joints pour l'écrabouiller. Encore et encore.

Une fois sûr que la cape n'allait pas tenter de riposter, je l'ai jetée par-dessus la haie avant de me rasseoir.

– La couleur ne te plaisait pas ? a demandé Ben en venant s'installer à côté de moi.

– Je crois qu'on devrait rentrer à la maison.

Je ne m'attendais pas à dire ça, mais dès que c'est sorti, j'ai compris ce que ça signifiait : tout notre voyage était un désastre.

Ben m'a donné un petit coup d'épaule.

– Tu ne penses pas ce que tu dis.

– Si. Pour de vrai. On est perdus à des kilomètres de Saint David's, on est sûrement pourchassés par un criminel appelé le Boss et nos parents vont nous punir à vie quand ils auront tout découvert, et ils vont forcément tout découvrir.

– Je sais… Trop cool, non ?

– On peut dire ça comme ça, a marmonné Charlie.

Ben avait clairement perdu la tête. Ce n'était pas cool du tout. C'était terrifiant. Apparemment, il ne voyait pas les choses comme moi.

– Fred, tu ne peux pas abandonner maintenant.

– Pourquoi pas ?

– Écoute, à l'évidence, trouver Alan Grenouillet est très important pour toi. Et moi, je crois qu'on ne devrait jamais abandonner les choses importantes. Les gens abandonnent trop facilement. Dès que ça se corse, ils s'enfuient en Espagne.

Il était en train de parler de ses problèmes à lui. Alors je lui ai donné un coup d'épaule à mon tour.

– Ça va, mon pote ?

Il a ramassé un caillou, qu'il a jeté par-dessus la clôture. Puis il a secoué la tête avec un sourire faiblard.

– Bon d'accord, je parlais peut-être un peu de moi, mais quand même, ne laisse pas tout tomber. Supergirl ne baisserait pas les bras.

– Oh, ha ha, ai-je dit avec un énorme soupir. Je ne sais pas, Ben. Tout semble nous crier d'abandonner avant de mourir ou de finir en prison pour mineurs pour le restant de nos jours.

– On ne peut pas rester en prison pour mineurs toute la vie, est intervenu Charlie. On vous transfère forcément dans une prison pour adultes à un moment donné.

– Laisse tomber, Spidey ! a rétorqué Ben. Fred, ressaisis-toi, mon pote. Quels sont les signes qui nous poussent à continuer ?

Je n'ai pas pu m'empêcher de rire.

– Où vois-tu des signes qui nous poussent à continuer ?

– Regarde.

Ben désignait Charlie, avec un drôle d'éclat dans les yeux.

– Charlie ?

– Pas Charlie… Regarde ce qu'il mange.

Je ne comprenais toujours pas. Mais ça m'inquiétait un peu que Charlie se soit déjà jeté sur notre boîte de récompenses de l'épicerie. Ce serait peut-être notre dernier repas avant de mourir de faim au fond du pays de Galles.

– Ce qu'il est en train de manger.

Comme Ben ne lâchait pas, j'ai dit :

– Il est en train d'engloutir notre boîte de Freddo Frogs.

Le sourire de Ben s'est élargi.

– Freddo Frogs. Tu ne vois pas, Fred ? Frogs ! Grenouilles en anglais ! C'est toi. Freddo Grenouillet ! Ce n'est pas un signe, c'est… (Il s'est tu pour regarder Charlie.) Il y en a combien dans la boîte, Charlie ?

Ce dernier a retourné la boîte.

– Soixante moins trois… bon, d'accord, moins six.

– Ça fait cinquante-quatre signes que toi, Freddo Grenouillet, tu dois continuer ta quête pour retrouver ton père biologique.

Ben a écarté les bras d'un air triomphal.

Je crois qu'il voulait que je réponde quelque chose de très inspiré mais j'ai juste répété en boucle :

– Freddie Grenouillet ? Freddie Grenouillet ?

Comme si c'était une question.

Je ne pouvais pas être Freddie Grenouillet. Le collège s'annonçait déjà assez compliqué avec un nom de famille normal, alors j'imaginais avec un nom d'amphibien ! Sans me laisser le temps d'être complètement miné par cette nouvelle, Ben s'est levé d'un bond et s'est mis à chanter.

Au début, j'ai pensé : « Pourquoi est-ce qu'il chante ? Ce n'est vraiment pas le moment. » Puis j'ai compris. Il chantait notre hymne de la classe : « Un pas de plus dans le monde ». Mais à la place de « pas », il disait « saut » et au lieu de « monde », il chantait « mare ». Je crois que c'était une tentative d'humour amphibie. C'était assez drôle, tout compte fait.

Charlie n'a pas mis longtemps à chanter avec lui. C'était un choix de chanson intelligent, personnel et motivant. Ils m'ont mis debout pour chanter avec eux. Arrivés au dernier couplet, on a recommencé et on a dansé dans ce champ, quelque part au milieu du sud du pays de Galles, en nous époumonant, en coassant et en riant, jusqu'à ce que Charlie vomisse un petit peu de chocolat sur son costume de Spider Man. Ça faisait un liquide corporel de trop. Il fallait vraiment qu'on change de vêtements.

CHAPITRE 20

On finit par dormir dans une église et j'apprends des faits sur les cochons et les crevettes.

Ravivés par plus de dix chocolats amphibies chacun, malgré nos jambes épuisées par une sérieuse bicyclite aiguë, Ben et moi avons poussé les vélos à travers champs pendant que Charlie cherchait Sheila partout. Ben avait cru apercevoir un bâtiment. On avait escaladé la clôture pour voir et puis Charlie et moi avions décidé que Ben avait peut-être raison. On espérait que la présence d'un bâtiment impliquait des gens, un téléphone, ou au moins des vêtements de rechange.

En réalité, la présence de ce bâtiment-là impliquait des bancs, un bénitier et un orgue. On avait trouvé une église au milieu d'un champ, au milieu de nulle part.

– L'église des Trois Saints, a lu Charlie.

L'horloge du clocher nous indiquait qu'il était 17 h 30. La nuit allait bientôt tomber, on était fatigués et on avait super mal aux fesses, alors, comme tout bon meneur, j'ai pris une décision.

– Allons voir si on peut dormir là cette nuit. On se repose et on se remet en route demain matin. Qu'est-ce que vous en pensez ?

J'avais peur de la réaction de mes amis. Après tout, je leur demandais de passer une autre nuit loin de chez eux et en cavale pour échapper au Boss.

Charlie m'a serré dans ses bras. Il sentait mauvais, mais j'étais tellement content qu'il soit d'accord que je n'ai rien dit et j'ai respiré par la bouche.

– Fred, c'est une idée fantastique. Mes fesses et ce vélo ne s'entendent plus du tout.

– Je veux bien me reposer, a acquiescé Ben en poussant la porte de l'église.

Je l'ai suivi à l'intérieur, où j'ai lancé « Bonjour ? » en croisant les doigts pour que personne ne réponde.

Ça a marché : l'endroit était désert. J'ai senti mes poils de bras se hérisser sous le Lycra.

– Il fait froid ici.

– Un peu frisquet, oui, a commenté Ben en s'enveloppant dans sa cape.

J'ai regretté d'avoir perdu mon sang-froid et écrabouillé la mienne.

J'ai trouvé un interrupteur que j'ai actionné.

– Allons voir.

Au fond de l'église, près de la porte par où nous étions entrés, il y avait une table avec une nappe blanche. Dessus, un gros grimoire relié de cuir racontait l'histoire de l'église des Trois Saints.

J'ai passé le doigt sur les écritures. Elles étaient toutes bouclées comme celle de Grams.

– Ça raconte que l'église des Trois Saints a été bâtie en 1766 en l'honneur de trois saints gallois, Cian, Dynod, et Elvis…

– Laisse-moi jeter un œil, m'a coupé Ben en me poussant. Il ne peut pas exister de saint Elvis.

Je l'ai bousculé à mon tour.

– Celui qui a écrit ça semblait penser que si. Écoutez ça : saint Cian a été canonisé, c'est-à-dire fait saint, parce qu'il a répandu la parole de Dieu, jour et nuit, pendant trente ans.

– Je parie qu'il était super populaire, a commenté Charlie en s'asseyant sur le banc du fond.

– Apparemment, saint Dynod était un « homme aux proportions généreuses ». Il a été canonisé car il a porté les villageois de Llampha à l'abri pendant la grande inondation.

Charlie a posé le menton sur le dossier du banc.

– Et saint Elvis, il a fait quoi ?

J'ai lu l'histoire d'Elvis en diagonale, vu que c'était un long passage sur la terre, la fertilisation des sols et les graines.

– En gros, il était doué en jardinage.

Charlie a gloussé.

– On peut devenir un saint parce qu'on a la main verte ?

– Il semblerait.

– Alors pourquoi le présentateur de la chaîne de jardinage n'en est pas un ?

– Peut-être qu'il en sera un à sa mort, a répondu Ben.

J'ai tourné la page.

– Eh, écoutez ça. Les corps des Trois Saints ont disparu de la crypte et n'ont jamais été retrouvés. Quand leurs ossements étaient encore là, cette église était un lieu de pèlerinage.

– Ça veut dire quoi déjà, pèlerinage ? a demandé Charlie.

Je ne savais pas trop, mais je n'aime pas ne pas connaître une réponse, alors j'ai deviné par la logique.

– Quelque chose que font les pèlerins ?

Charlie a froncé les sourcils.

– Les requins pèlerins ?

Ben a rigolé.

– Mais non, idiot. Un pèlerinage, c'est quand les gens vont en vacances religieuses. Comme le Club Med mais avec des prières.

– Exactement, ai-je acquiescé avant de poursuivre ma lecture. Quand les saints ont disparu, au XXe siècle, les pèlerins aussi. Et l'église a été oubliée. C'est triste.

– Pauvre église, a dit Charlie en frottant le banc.

Ben s'est engagé dans l'allée centrale.

– Venez, on va explorer avant que Charlie fraternise avec tout le mobilier.

Au bout, il y avait une table avec une croix dessus et une statue de Jésus. Quelques marches menaient à la chaire (c'est là où le curé se tient pour s'adresser aux fidèles), ensuite venaient deux rangées de bancs destinés au chœur. Charlie a gravi les marches sans broncher.

– Qu'est-ce que tu fais ? ai-je questionné. Seules des personnes spéciales ont le droit de monter là.

Il m'a adressé un grand sourire.

– Si Spider-Man n'est pas spécial, je me demande qui l'est.

– Non mais sérieusement, on n'est pas censé être béni par un prêtre ou par Dieu pour venir dans cette partie de l'église ?

– Qu'est-ce qui peut se passer, à ton avis ?

– Tu risques d'être châtié.

– Chat-quoi ?

Je n'étais pas certain à cent pour cent de la définition, mais j'ai tenté :

– C'est quand Dieu te frappe.

– Avec quoi ?

– Je ne sais pas, quelque chose qui vient du ciel, comme la foudre, par exemple.

Soudain, un énorme grondement a résonné dans l'église et j'ai bien cru qu'on allait savoir en direct ce que châtier signifiait.

Bondissant au bas des marches, Charlie s'est agrippé à moi. J'ai voulu l'esquiver parce que s'il était châtié pour avoir posé le pied en sol sacré, je ne voulais pas qu'il m'entraîne dans sa chute. Mais j'ai été trop lent. Il s'est accroché à mon dos comme un bébé chimpanzé. J'ai pivoté furieusement pour me débarrasser de lui et je ne me suis arrêté qu'en entendant Ben éclater de rire.

–Vous verriez vos têtes !

Un autre son a retenti dans l'église. Différent, cette fois, presque joyeux. Et surtout très familier.

Assis à l'orgue, Ben jouait le morceau de piano de son spectacle de CE2, un ragtime.

Je me suis débarrassé de Charlie.

– Ben, arrête ça, on va t'entendre !

– Détends-toi, Fred. Qui va se plaindre, une horde de moutons ? Il n'y a personne à des kilomètres à la ronde.

Il a joué un autre morceau avec son sourire malin qui m'a vraiment énervé.

– Arrête de faire n'importe quoi. Et puis c'est un troupeau, tête de nœud.

– Hein ?

– Un *troupeau* de moutons. Pas une horde.

– Comme tu veux, madame la bergère.

Il a incliné la tête de chaque côté avant d'ajouter : « C'est un troupeau », d'une voix haut perchée censée imiter la mienne, mais très très mal.

Puis il a entrepris de taper plus fort sur les touches en criant à Charlie :

– On joue à quatre mains ?

Alors ils se sont mis à taper tous les deux.

Quand Charlie a lancé : « On reprend du début », j'en ai eu trop marre ; je les ai laissés faire n'importe quoi pendant que je me rendais utile en explorant l'église.

Au milieu d'une version très maladroite de *Frère Jacques*, j'ai découvert une porte qui menait à une petite pièce. C'était probablement là que le prêtre ou le curé faisait ses prières personnelles. Il y avait un bureau, une armoire et un placard. Au terme d'une fouille scrupuleuse, j'avais trouvé les articles suivants :

1. Une grosse boîte d'hosties à consommer de préférence avant août 1998.
2. Un crayon avec marqué *Nous Crayon en Jésus* sur le côté.
3. Une boîte d'allumettes.
4. Une énorme bougie.
5. Une douzaine de ces robes blanches que portent les enfants de chœur, dont j'ai appris depuis qu'on appelle ça des aubes.

Je suis retourné dans l'église au moment où Ben et Charlie clamaient qu'il y avait un ptérodactyle chez frère Jacques. J'étais plutôt fier de mon butin.

– Regardez ce que j'ai déniché ! ai-je crié par-dessus leurs hurlements. Des nouveaux vêtements. Pendant que vous jouiez, moi j'ai fait quelque chose d'utile.

Charlie a demandé :

– Tu as trouvé des choristes et tu les as déshabillés ?

J'ai soupiré :

– Non. J'ai trouvé ces robes dans une armoire. Génial, non ?

Ben n'avait pas l'air convaincu.

– Tu veux qu'on porte ça ?

– Précisément. On ne peut plus être en super-héros, c'est trop risqué. Imagine que le Boss nous recherche.

– Oui, mais…

– Euh… désolé, Charlie, mais tu pues.

C'était un peu dur, même si c'était la vérité.

– Tu ne sens pas la rose non plus, mon pote.

– Alors on se change.

Je les ai observés. Ils savaient que j'avais raison, ça se voyait.

– Bon, d'accord.

Ben a retiré le haut de son costume de Batman.

– On devrait quand même se laver avant.

J'avais déjà pensé à ça, or il y avait un problème.

– J'ai trouvé des toilettes avec un lavabo au fond. Malheureusement, les robinets grincent à mort quand on les ouvre et l'eau qui sort est marron dégoûtant.

– Et le bénitier ? a suggéré Ben.

Je ne savais pas trop quoi en penser.

– De l'eau bénite… Vous croyez qu'on a le droit de l'utiliser ? Ce n'est pas un peu trop… puissant ?

– Qu'est-ce qu'on risque ? Tu crois qu'il va te pousser des ailes ?

– J'ignore comment ça marche, tous ces trucs religieux, moi, ai-je rétorqué.

Le bénitier était la partie la plus impressionnante de l'église. Une plaque indiquait que l'eau provenait d'une source sacrée. Ça devait être de l'eau bénite de premier ordre. Le mieux, c'était la statue de la Vierge Marie qui s'élevait derrière. Même gravé dans la pierre, son visage était la douceur incarnée. Ça n'avait pas l'air de la déranger qu'on utilise son eau pour nous laver les aisselles.

C'était agréable de retirer nos costumes. Le mien commençait à s'effriter par endroits. Quand j'ai enfilé l'aube, j'ai eu l'impression d'enfiler un pétale de fleur.

J'ai tourné sur moi-même.

– Parfait. Aéré, confortable et assez chaud.

Ben s'est contenté de grogner. Ça l'aurait tué de montrer un peu de gratitude.

On a terminé les Freddo Frogs et mangé les hosties (qui avaient un goût de papier crépon), puis Charlie est allé aux « toilettes ». C'est sa façon polie de dire qu'il avait besoin de faire la grosse commission. Ben et moi sommes sortis faire pipi dehors, ce qui est beaucoup plus compliqué qu'on ne le croit avec une aube. Le ciel nocturne était encore mieux qu'à Barry. J'ai montré à Ben la Voie lactée. Dans les grandes villes, il y a trop de pollution, mais là, dans ce jardin paroissial du sud du pays de Galles, on avait une super vue.

– Tu savais qu'il y a deux millions d'années, on aurait vu la lumière d'un trou noir supermassif dans la Voie lactée ?

– C'est *quoi* un trou noir ? a demandé Ben.

– C'est ce qui reste quand une grosse étoile explose. Quand elle s'effondre sur elle-même, la gravité à l'intérieur est tellement énorme qu'elle devient ultrapuissante et aspire tout ce qu'il y a autour.

Je le sais parce que, pour mes dix ans, Papa m'a offert un livre sur les faits astronomiques. Sur la première page, il a écrit : *Des faits incroyables pour mon fils incroyable.*

– Plus je regarde le ciel, plus je vois d'étoiles, a remarqué Ben.

– Tu ne trouves pas qu'on se sent minuscule et insignifiant, avec toutes ces étoiles, et ce ciel gigantesque ?

– Pas besoin de regarder les étoiles pour se sentir insignifiant, a-t-il répondu d'une toute petite voix.

On est retournés à l'intérieur. En attendant Charlie, on a transporté tous les coussins de tous les bancs dans la petite pièce pour fabriquer un grand nid et dormir dedans. On a éteint la lumière et allumé la grosse bougie.

Ben a vérifié l'emplacement de l'extincteur au cas où il y aurait un autre incident comme sur le bateau.

Allongé avec une autre aube en guise de couverture, je me suis étiré et j'ai fermé les yeux.

– C'est plutôt confortable, en fin de compte.

– Mieux que mon lit, a ajouté Ben qui est venu s'installer à côté de moi en roulant. Et le bonus, c'est qu'il n'y a pas de Becky.

– Elle est si horrible que ça ?

D'abord, il n'a rien répondu.

J'ai rouvert les yeux pour voir sa poitrine se gonfler avant qu'il pousse un énorme soupir.

– Mon père oublie mon existence quand elle est dans le coin.

– Tu devrais lui en parler. Lui dire ce que tu ressens.

– Ce n'est pas comme si je n'avais jamais essayé. Il promet toujours qu'on va passer du temps ensemble, juste tous les deux, mais ça n'arrive jamais.

– Tu as essayé d'en parler à Becky ?

– Tu rigoles ? C'est elle le problème.

– Si c'est elle le problème, c'est peut-être aussi elle la solution.

Ben s'est appuyé sur le coude pour me dévisager.

– Fred, est-ce que tu es en train de me suggérer… parce que c'est un de mes plans… de me débarrasser de…

À cet instant, j'ai cru que Ben allait avouer comploter pour supprimer Becky.

– Non, Ben ! Non ! Le meurtre n'est pas la solution.

Il m'a cogné la tête avec un des coussins. Mes yeux ont tressauté comme des petits pois dans une cuillère. Ces coussins sont plus lourds qu'il n'y paraît.

– Je ne veux pas tuer Becky, espèce d'andouille !

– C'est bon à savoir. Mais si tu changes d'avis, tu pourrais sûrement utiliser un de ces coussins pour lui taper dessus. On dirait des briques.

– Je pensais à un moyen de me débarrasser de l'argent de Papa. Je suis sûr que c'est tout ce qui intéresse Becky. Si l'argent s'en va, elle suivra.

Ça semblait assez logique.

– Je peux t'aider si tu veux. Ça ne me dérange pas de dépenser tout l'argent de ton père. Considère que c'est en remerciement d'être venu avec moi chercher Alan Grenouillet.

– Tu as réfléchi à ce que tu vas lui dire quand tu l'auras trouvé ?

– Un peu… beaucoup… Oh, je ne sais pas. Peut-être quelque chose comme « Enchanté de te rencontrer, je suis ton fils, Freddie » ?

– Tu n'as pas peur que ton autre père le prenne mal ? C'est un brave type, ma mère le répète sans arrêt.

– J'ai super peur qu'il le prenne mal. Je ne veux pas le vexer. C'est vraiment un chouette papa… le meilleur. Et je n'essaie pas de le remplacer, ni rien.

– Alors pourquoi ?

C'était difficile de mettre des mots sur ce que je ressentais.

– Je ne connais plus personne de ma famille. Personne. Si quelque chose arrive à Papa, et il y a toutes les chances que ça se produise, je me retrouve tout seul. Je ne peux pas laisser faire ça. Il me faut plus de gens. Plus de famille.

– Il ne va rien arriver à ton père.

– Tu n'en sais rien. Les gens meurent, Ben. Ils meurent tout le temps.

Plutôt glauque, mais vrai. J'ai serré les dents pour essayer d'ignorer le trou noir supermassif qui s'ouvrait en moi. Je ne voulais pas penser à la mort. Ni aux morts. Comme Grams. Ou Maman. Je devais me concentrer sur ma recherche d'Alan.

On s'est tus un moment. Puis Ben a demandé :

– Tu savais qu'il est physiquement impossible aux cochons de lever la tête vers le ciel ?

– Hein ?

– Je l'ai lu sur un pot de yaourt, une fois. (Il s'est tourné vers la fenêtre.) Imagine, ne jamais voir les étoiles et un jour se retrouver coincé entre deux tranches de pain, avec de la laitue et de la tomate.

C'était tellement inattendu que j'ai répété :

– Hein ?

– Même si on a des problèmes, au moins on n'est pas des cochons. Au moins, nous, on peut lever la tête et regarder les étoiles.

Interloqué, je me suis entendu confirmer :

– Ouais, Ben, au moins on n'est pas des cochons.

– Je ne me rappelle pas beaucoup de faits… pas comme toi. Mais celui-ci m'a marqué. Je me suis dit que tu voudrais l'ajouter à ta collection.

– Merci.

– De rien.

Je ne sais pas si c'est parce que le fait de Ben avait rempli un petit peu le trou noir à l'intérieur de moi… Ou peut-être que c'était juste parce qu'il était là… Ou alors j'étais content de ne pas être un cochon… En tout cas, je ne me suis plus senti aussi vide.

Puis Ben a poursuivi :

– En fait, j'en ai un autre. Tu savais que le cœur des crevettes se trouve dans leur tête ?

J'ai rigolé.

– Ah bon ?

Ça, c'était un scoop.

– Incroyable, non ?

– Où est-ce que tu trouves tout ça ?

– C'était sur un pack de quatre yaourts. Je ne me souviens plus des deux autres faits. J'ai été soufflé par celui sur les cochons.

Ça devait être d'excellents yaourts. Je me suis noté mentalement de les mettre sur la liste des courses en rentrant à la maison. J'allais demander la marque à Ben quand Charlie a débarqué dans la pièce, trempé de la tête aux pieds.

– Quelqu'un a parlé de yaourts ? Je meurs de faim.

Il était parti depuis si longtemps que je l'avais presque oublié.

– Tout va bien, Charlie ?

Ben a ricané.

– Ton aube est devenue un peu transparente. On voit tes tétons.

Charlie a croisé les bras autour de lui et soufflé une mèche de cheveux mouillée de devant sa figure.

– Non, mon pote. Tout ne va pas bien. Non seulement je crève de faim, mais j'ai eu un léger problème aux toilettes.

Ça n'annonçait rien de bon. Charlie avait déjà eu un léger problème aux toilettes en CE1. On avait tous dû utiliser les toilettes des filles jusqu'à l'intervention des plombiers.

– C'est sûrement à cause de ces chaussons poire-patate. Ils étaient vraiment indigestes. On aurait pu couler un porte-avions avec. Ils avaient presque la taille d'un porte-avions d'ailleurs.

Il s'est casé entre nous.

– J'ai dû me servir d'un manche à balai à la fin. Je crois que c'est ce qui a endommagé le système.

– Le système ?

– Oui, les tuyaux derrière la cuvette. Ne faites pas cette tête, c'est réglé maintenant. La pression a fait exploser les robinets, mais j'ai trouvé une petite poignée ; quand je l'ai tournée, l'eau s'est arrêtée de couler. Ensuite, elle a recommencé à couler. Alors, j'ai serré un peu plus et je crois que ça a marché, cette fois. Il y a des bruits bizarres, mais pas de gros dégâts. Enfin bref… il y en a ?

On l'a regardé sans comprendre.

– Des yaourts.

CHAPITRE 21

Charlie nous parle de Jésus et des léopards.

On a réussi à passer une nuit correcte sur notre lit de coussins de prière. Le soleil qui filtrait par la fenêtre de la petite pièce nous a tirés du lit tôt le lendemain. Même si on pensait qu'il était peu probable de rencontrer qui que ce soit, on voulait s'en aller avant que le pays de Galles se réveille.

On avait trouvé une carte de la zone sur le panneau d'affichage à l'entrée de l'église, à côté d'une pub pour un programme de régime datant de 1997. D'après la carte, on n'était qu'à quelques kilomètres du village le plus proche, mais on a décidé d'avancer jusqu'à un plus grand appelé Tythegston, à douze kilomètres. On s'y arrêterait pour prendre le petit déjeuner, appeler chez nous et chercher une solution pour rallier Saint David's avec moins de 35 livres en poche. Pas question pour nous de couvrir le restant du trajet à vélo. On a pensé qu'on pourrait essayer de les vendre pour rassembler assez d'argent et payer le train.

On a bien remis tous les coussins en place et on a rangé comme c'était à notre arrivée. Les tuyauteries émettaient des grondements et autres cliquetis. Elles essayaient sûrement encore de digérer les chaussons poire-patate de Phyllis.

Faire du vélo habillé en enfant de chœur n'est pas chose facile. On a drapé nos manches sur le guidon pour éviter qu'elles ne se prennent dans les pédales tout en tenant nos mains au chaud. Et on est partis. Un brouillard bas flottait sur le jardin paroissial ; Ben a trouvé drôle de faire « bouuuuuh » comme un fantôme ou je ne sais quoi. Disons seulement qu'on a découvert plus tard que ce n'était pas l'idée du siècle.

Collant à notre plan, nous avons traversé le premier village et gravi les collines vers le suivant. Par cette belle matinée, c'était agréable de se sentir en vie. On a chanté les meilleures chansons de l'école, comme celle sur la bosse du dromadaire et « Un pas de plus dans le monde ». Je crois qu'on ressentait les effets secondaires d'avoir dormi dans la maison du Seigneur, et d'avoir fait notre toilette à l'eau bénite.

Au bout de quelques kilomètres, on a croisé un convoi de télévision des *Actus sud-galloises*, de la BBC, de ITV et de Channel 4, sur une route particulièrement étroite. Pris de panique, Charlie est tombé de vélo et a déchiré son aube. On était trop occupés par notre fou rire, parce qu'on voyait son caleçon Bob l'Éponge, pour penser que ces camionnettes avaient peut-être un rapport avec nous.

J'ai eu l'impression qu'on était dans les temps. On n'a fait que deux haltes pipi et je commençais à penser que pour une fois, tout se passait miraculeusement bien.

C'est là qu'on a vu le taxi.

Ben l'a aperçu le premier, quand il s'est retourné pour vérifier que Charlie pédalait pour de vrai. Leur tandem a freiné d'un coup et j'ai failli me prendre Bob l'Éponge en pleine poire.

J'allais lui crier de faire attention aux autres usagers de la route (c'est-à-dire moi), quand Ben a pointé un doigt tremblant en disant :

– Fred, ce ne serait pas un taxi ?

Malgré la distance, le gros TAXI COLT noir peint sur le capot était immanquable.

– Si, Ben, ai-je répondu d'une voix tout aussi tremblante.

Charlie a fait un bruit bizarre, on aurait dit une dinde contrariée, et il a posé une main sur son ventre. À cet instant, je n'en ai rien pensé. Aujourd'hui, je sais qu'il faisait de la contrebande, mais ça, on ne l'a découvert que bien plus tard.

Ben m'a regardé, les yeux exorbités.

– Tu crois que ça peut être…

Il n'a pas terminé sa phrase. Il a dégluti comme s'il ravalait du vomi, alors j'ai fini à sa place :

– Le Boss ?

– Oui, le Boss.

Il a dégluti de nouveau. Je me suis appuyé sur ma pédale.

– Je suggère qu'on ne reste pas dans le coin pour le découvrir. Tirons-nous !

On a redémarré à toute vitesse. Je me répétais que ce n'était pas parce que le taxi avait un gros TAXI COLT noir peint sur le capot comme celui de Barry que c'était forcément le Boss, mais je ne suis pas très doué en autopersuasion.

Chaque fois que je jetais un coup d'œil par-dessus mon épaule, la voiture paraissait se rapprocher, ce qui est logique, j'imagine, puisqu'elle avait un moteur et nous on n'avait que nos jambes. Même si je n'arrêtais pas de crier aux autres de continuer à accélérer, à l'évidence il allait nous rattraper.

J'ai cherché une issue de secours. De hautes et épaisses haies bordaient les deux côtés de la route et je ne voyais aucune ouverture. On était faits comme des rats. Je me suis rappelé le pistolet qu'on avait vu sur le bateau ; j'ai compris qu'on allait se faire canarder, ou être dégommés comme un jeu de quilles. Quand j'y pense, on avait un peu l'air d'un jeu de quilles avec nos aubes blanches.

Derrière nous, le moteur a grondé ; on a tous hurlé. Je me suis retourné et j'ai vu un chauve derrière le volant. Il semblait tout droit sorti d'une série télé.

Charlie a crié :

– On va tous mourir !

Ce qui ne nous aidait pas à garder notre calme.

Ben a répondu :

– Si tu ne pédales pas plus vite, c'est moi qui vais te tuer !

C'est là que Charlie a gémi :

– Il va nous falloir un fichu miracle pour nous tirer de là !

Dans le genre prendre les choses en main activement, on fait mieux.

J'ai jeté un dernier coup d'œil par-dessus mon épaule. Le taxi se trouvait à une trentaine de mètres à présent. Charlie avait sûrement raison, seul un miracle pouvait nous sauver. Mais comme je ne croyais pas aux miracles, je me suis préparé à mon destin tragique.

C'est peut-être parce que je me préparais à mon destin tragique que j'ai bien failli percuter le mouton posé au beau milieu de la route, comme s'il était chez lui. J'ai réussi à freiner de justesse pour ne pas lui rentrer dedans.

J'ai crié aux autres :

– Attention, il y a un mouton sur la route !

– Ce n'est pas n'importe quel mouton ! C'est Sheila ! a braillé Charlie.

Je ne sais pas si c'était vrai puisqu'un autre mouton a déboulé d'un trou dans la haie et, lui aussi, il ressemblait trait pour trait à Sheila.

Puis un autre. Puis plein d'autres. Des centaines de Sheila, des milliers peut-être. Qui formaient un mur bêlant et laineux entre nous et le taxi.

Le chauve est sorti du véhicule en agitant les bras tout en criant aux moutons de dégager le passage. Heureusement, ils n'ont pas semblé comprendre – sûrement parce que c'étaient des moutons. Puis le type a dit :

– Hé, les garçons, arrêtez-vous ! Je veux seulement vous parler.

Franchement, ça ressemblait trop à un bobard.

– Venez, on se tire, a suggéré Ben.

Et comme c'était une excellente idée, on l'a fait. On a entendu le chauve nous crier après mais il était hors de question qu'on s'arrête.

Une fois assez loin, on a passé les vélos par-dessus une clôture et on s'est allongés dans l'herbe, essoufflés et dans tous nos états.

J'ai été le premier à parler.

– C'était moins une ! Je n'arrive pas à croire qu'on s'en soit sortis !

– C'est vrai, a confirmé Ben. J'ai cru qu'on allait y passer.

Charlie s'est redressé avec un regard vitreux et, d'une drôle de voix, il a remarqué :

– C'est incroyable que Sheila et sa famille soient apparues juste à temps.

Ben m'a lancé un regard en coin.

– Mon pote, je ne suis pas certain que c'était vraiment Sheila.

– Eh bien moi je crois que si et ça me suffit. Nous avons assisté à un vrai miracle, ça c'est sûr.

– On a eu de la chance, c'est tout, lui ai-je dit.

Je ne crois pas qu'il existe des moutons miraculeux. Mais Charlie n'en démordait pas.

– Non, Fred, ce n'était pas de la chance. On a été sauvés du Boss. Sauvés par un miracle. Les moutons sont des animaux très bibliques, tu sais. Jésus en avait tout un troupeau.

– Ah bon ?

Ça me rappelait quelque chose, mais je ne savais pas trop quoi.

Ben non plus n'avait pas l'air très convaincu.

– Donc Jésus avait une horde de moutons qui le suivaient pendant qu'il faisait des trucs d'église avec les gens de l'ancien temps ? Nan… j'y crois pas. Le troupeau de moutons l'aurait gêné plus qu'autre chose !

– Jésus était un berger, a affirmé Charlie d'un ton plutôt fier, comme s'il venait de s'en souvenir.

Ben était vraiment perplexe.

– Je croyais qu'il faisait un truc en rapport avec les arbres ou le bois ?

Charlie a opiné du chef.

– Il était bourré de talent, ce Jésus. C'est pour ça qu'il est si célèbre maintenant. Le bois, les arbres, les bergeries, et les trucs d'église avec les pauvres gens… ah, et les léopards aussi.

– Les léopards ?

Ça, j'étais certain que ce n'était pas dans la Bible.

Mais parce que Charlie avait l'air tellement sûr de lui quand il a dit :

– Oui, il a aidé une meute de léopards une fois, et aujourd'hui il nous a aidés.

… je lui ai laissé le bénéfice du doute. Si Charlie voulait croire qu'il avait vécu le miracle de Sheila la brebis salvatrice, je n'allais pas lui gâcher ça avec les faits. Et pour être franc, le seul fait qui m'intéressait à ce moment-là, c'était que nous avions échappé au Boss et que nous étions toujours en route pour retrouver Alan.

CHAPITRE 22

Où nous découvrons ce que Beryl a vu en rentrant du bingo

Après avoir repris notre souffle, nous avons décidé de poursuivre le voyage en passant par les plus petites routes jusqu'à Tythegston, parce que se faire repérer de nouveau était bien la dernière chose que nous souhaitions. Pour être honnête, on était tous assez nerveux, mais il n'y avait plus aucun signe du Boss ni de son taxi.

On est arrivés à Tythegston pile à l'heure du déjeuner. On a garé nos vélos à côté de « l'aire de jeux » (un bout de pelouse avec un portique à balançoires et une cage de but qui penchait dangereusement d'un côté), puis on a emprunté la rue principale. On avait deux problèmes à régler : la faim et les vêtements (une fois de plus). Les aubes ne ressemblaient plus vraiment à des pétales de fleurs dans la lumière crue du matin ; de plus, maintenant que le Boss savait ce que nous portions, il était essentiel de nous changer. Encore.

On a décidé d'arrêter le premier passant pour lui demander où on pourrait trouver de nouvelles tenues. Un homme avec des tatouages sur les bras et une épaisse barbe rousse qui étincelait au soleil a ri en entendant notre question.

– Vous n'allez pas trouver de grands magasins ici, a-t-il répondu, mais si vous avez besoin de quelque chose maintenant, les scouts organisent un vide-greniers à la mairie. Vous trouverez peut-être votre bonheur là-bas.

La mairie se situait au bout de la rue. Une femme avec un serre-tête en velours et le col de son chemisier relevé nous a vendu des shorts et des tee-shirts pour trois livres. Même si c'était une bonne affaire, il ne nous restait plus que 31 livres, ce qui m'a un peu préoccupé. On a voulu vendre nos vélos à la dame pour payer le billet de train mais ça ne l'intéressait pas. Après avoir laissé nos aubes dans une poubelle, on est allés manger au café. Je n'ai jamais vu Charlie marcher aussi vite. Je ne pouvais pas le lui reprocher : moi-même, j'avais l'impression que mon estomac était en train de s'autodigérer, tellement j'avais faim.

L'homme derrière le comptoir a essuyé ses mains grasses sur son tablier et nous a salués en disant :

– Gamin, gamin, gamin.

– Donnez-nous tout ce que vous avez, s'il vous plaît, monsieur, a déclaré Charlie.

Je lui ai donné un coup de coude dans les côtes.

– Charlie, on doit faire attention à nos dépenses.

– D'accord, *Maman.* Alors je vais prendre le Grand Petit Déj avec une part de pizza pepperoni en accompagnement.

J'ai pris les œufs brouillés. J'avais bien envie d'un sandwich au bacon, mais je n'arrivais pas à oublier le fait du yaourt de Ben. Je ne croyais pas pouvoir remanger de bacon maintenant que je savais que les cochons ne pouvaient pas regarder les étoiles.

J'avais tellement faim que je n'ai remarqué la télé au mur qu'en attaquant ma deuxième tranche de pain grillé. Je n'ai pas l'habitude de regarder les infos, c'est un peu ennuyeux, mais le sujet a attiré mon attention. En fait, il a attiré l'attention de *tout le monde*.

Après avoir évoqué le nouveau système de ronds-points très controversés à Carmarthen, Huw Jones, le présentateur des *Actus sud-galloises* s'est tourné vers sa collègue qui n'était autre que Carys Griffiths.

–Toutefois la circulation n'est pas un problème pour les héros de notre prochain sujet, n'est-ce pas, Carys ?

Carys a gloussé ; ses cheveux comme un nuage ont rebondi autour de sa tête.

– Certainement pas, Huw. Il s'est passé quelque chose de magique une seconde fois dans le sud du pays de Galles.

Ma mâchoire s'est décrochée et le bout de toast que je mastiquais est tombé dans mon jus d'orange.

– Que s'est-il passé encore ?

Le patron du café est sorti de derrière le bar avec un torchon sur l'épaule.

– Vous avez entendu parler de ces gars ? nous a-t-il demandé. C'est sur tous les réseaux sociaux.

– Si on en a entendu parler ? On est…

J'ai donné un coup de pied à Charlie sous la table en secouant la tête.

À la télé, Carys affichait un sourire survolté.

– Hier, tout le monde ne parlait que des trois mystérieux super-héros qui ont sauvé la retraitée Phyllis Griffiths d'une terrible agression dans le village de Gileston.

– Et Batman, Spider-Man et Supergirl ont recommencé, c'est bien ça, Carys ?

– En effet, Huw, cette fois ils ont réussi à mettre en fuite un aspirant braqueur de commerce.

Une photo floue de Ben, Charlie et moi avec l'épicier qui ressemblait à un vieux légume est apparue à l'écran.

– Regardez attentivement, a expliqué Huw Jones. L'aspirant braqueur entre et M. David Davies, l'épicier, s'évanouit de terreur. La suite est intéressante. Le trio approche l'homme armé. Après un échange, l'homme semble changer d'avis et s'en va. Il sait qu'il ne fait pas le poids face aux super-héros de notre région.

– Ce que j'aimerais savoir, Huw, c'est ce que notre super-trio lui a dit pour le décourager.

– Malheureusement, M. Davies n'était pas conscient pendant l'incident, cependant nous l'avons au téléphone.

Carys continuait de sourire à la caméra.

– Monsieur Davies, pouvez-vous nous donner vos impressions sur les super-héros ?

Une photo de David Davies est apparue à l'écran.

– C'était comme si j'étais en présence d'êtres venus d'un autre monde. Ils n'étaient pas comme vous et moi, ils rayonnaient de force et de grandeur.

D'accord, on était plutôt cool, mais de là à rayonner de force et de grandeur, c'était un peu exagéré…

– Donc vous diriez que c'est réel, monsieur Davies ? a repris Carys. De véritables super-héros dans le sud du pays de Galles ?

– J'en suis convaincu à cent pour cent.

–Vous semblez sûr de vous.

– Eh bien, je les ai vus partir en volant, non ?

– En volant ? ai-je répété en chœur avec Carys.

– Oui, je les ai vus voler de mes yeux.

Quel. Gros. Menteur !

C'était l'heure de gloire de M. Davies et il faisait tout ce qu'il pouvait pour briller le plus fort possible. Même si ça impliquait d'enjoliver les faits réels.

Je n'ai pas eu le temps de me tourner vers mes amis pour discuter de la tournure inattendue des évènements, parce que Carys et Huw ont enchaîné sur un autre sujet.

– Mais on ne parle pas uniquement de super-héros aujourd'hui, n'est-ce pas, Carys ?

– En effet, Huw. Notre équipe s'est rendue à l'église des Trois Saints, près du village de Llampha, sur les traces d'un évènement tout à fait miraculeux.

Je n'ai pas pu m'empêcher de crier :

– Non mais je rêve !

C'était notre église ! Je le savais. Je savais que ça allait avoir un rapport avec nous.

On a fixé l'écran tandis que Beryl (la gardienne des Trois Saints, apparemment) racontait à une meute de journalistes ce qu'elle avait vu tôt ce matin. Et j'avais raison. Ça avait *tout* à voir avec nous.

Beryl a mis quelques douloureuses secondes à se rendre compte qu'elle était filmée.

Carys a demandé :

– Beryl, pouvez-vous nous raconter les évènements miraculeux qui se sont produits à l'église des Trois Saints ?

Beryl a répondu :

– Oh, tout de suite ?

– Si ça ne vous dérange pas.

– Bon, d'accord. Quand je suis rentrée du bingo hier soir, j'ai trouvé un message d'Elsie. Elle était allée promener ses chiens dans les champs. Elle m'a appelée pour me prévenir qu'elle avait cru entendre de la musique qui venait de la vieille église. Il était tard, alors j'ai attendu ce matin pour aller voir.

– Et pouvez-vous nous dire, Beryl, ce que vous avez vu ?

– J'ai vu une chose inimaginable. Une vision, Carys. Un spectacle magnifique.

– Pouvez-vous le décrire pour nos téléspectateurs, Beryl ?

– Je peux faire mieux que ça, je l'ai filmé avec mon téléphone.

Dans un silence ébahi, nous avons regardé la vidéo de trois silhouettes fantomatiques flottant dans la cour des Trois Saints. Évidemment, nous, on savait que c'était nous sur nos vélos, en aubes volées. Mais du point de vue de Beryl, je comprenais pourquoi elle avait cru à une apparition. On avait l'air de flotter à travers le cimetière, avec le soleil qui se reflétait sur nos casques comme des halos de lumière. La brume matinale ajoutait à l'effet fantomatique. Ainsi que les « bouuuh » de Ben.

– C'est incroyable ! s'est exclamée Carys.

Beryl avait les yeux brillants.

– C'était eux. Les Trois Saints. Cian, Dynod et Elvis. J'en mettrais ma main au feu. Le dernier, c'est Dynod, c'est sûr, celui aux proportions généreuses.

Charlie a recraché son jus d'orange sur moi.

– Charmant !

– Pour nos téléspectateurs, rappelons brièvement que l'église des Trois Saints était un lieu de pèlerinage, jusqu'à ce que les reliques des trois saints disparaissent.

– C'est ça, a confirmé Beryl.

– Dites-nous ce qui s'est passé ensuite, a pressé Huw.

– Il y a plus que ça ? me suis-je étonné devant la télé.

Beryl a commencé à s'agiter. Elle a levé les poings en l'air.

– Je sentais dans ma chair et dans mes os qu'un miracle était en train de se produire. Et puis j'ai entendu qu'on m'appelait dans l'église. J'ai entendu « Beryl, Beryl, aide-nous, entre, Beryl. Entre, mon enfant. »

– Oui, c'est ça, Beryl, ai-je dit en avalant une fourchettée d'œufs brouillés.

Je me sentais un peu coupable que Beryl se soit fait avoir… mais ça ? Ça n'avait rien à voir avec nous.

– Et c'est là que je l'ai vue. La statue de la Vierge Marie pleurait. De vraies larmes, qui coulaient sur ses joues. C'était si beau. Je l'ai regardée pleurer en pleurant moi aussi. C'était une expérience sacrée. On a pleuré ensemble pendant dix bonnes minutes.

Là, moi j'ai commencé à songer que Beryl prenait quelques libertés avec les faits.

– Que s'est-il passé ensuite, Beryl ? Dites-le à nos téléspectateurs, a insisté Huw.

– Eh bien, il y a eu une sorte de grondement. Ça m'a fait trembler jusqu'à la moelle. C'était comme si le Seigneur passait à travers moi, a expliqué Beryl, les mains sur la poitrine.

Il fallait lui accorder qu'elle était très convaincante.

– Et puis la tête de la Vierge Marie s'est détachée de son corps. Elle a volé à l'autre bout de l'église. L'eau bénite a jailli du bénitier tel le Jourdain.

Beryl a fermé les yeux une seconde, puis les a rouverts.

– C'était une expérience très biblique.

J'imagine qu'on pouvait dire ça comme ça.

Tout doucement, Huw a demandé :

– Qu'avez-vous trouvé alors, Beryl ? Quelque chose d'incroyable, non ?

– Eh bien, le bénitier des Trois Saints s'était fendu au milieu et, en dessous, j'ai aperçu trois squelettes. Les ossements disparus des Trois Saints. Ils ont enfin été libérés !

– Nom d'un boudin blanc ! a haleté Charlie alors que la caméra faisait le point sur la statue sans tête de la Vierge Marie.

On ne pouvait le nier : il y avait bien des os là-dessous. Un instant, j'ai cru que Beryl disait peut-être la vérité.

Et puis j'ai eu un déclic.

Beryl n'avait pas été témoin d'un miracle. Elle avait été témoin des effets secondaires de la commission géante poire-patate de Charlie dans les tuyauteries centenaires de l'église. La pression de l'eau dans les canalisations avait dû souffler la tête de la Vierge Marie, révélant les ossements des Trois Saints enfouis dessous.

Or Beryl ne savait rien du super-caca de Charlie, tout comme Huw et Carys. Ils qualifiaient ça de miracle à la télé, et bientôt, tout le monde en parlerait.

CHAPITRE 23

Apparemment, *La Gazette de Barry* rayonne plus loin qu'on ne le pensait.

On n'a pas fait attention au bulletin météo, ni au patron du café qui nous parlait de super-héros, de saints prouvant que le sud du pays de Galles était bien la terre du Seigneur. On se regardait en essayant de comprendre comment on en était arrivés là. La même conclusion s'est imposée à nous : à cause des intestins de Charlie.

Pour finir, il a dit :

– Saint Dynod. Elle a cru que j'étais saint Dynod ?

– Plutôt saint Dyno-Saure ! a ricané Ben.

Même si c'était drôle, je lui ai fait les gros yeux : le moment était mal choisi pour plaisanter.

Charlie a repoussé son assiette en marmonnant :

– Maman a raison, grosses portions égale grosses proportions.

Mais Ben a rapproché l'assiette de Charlie.

– On paraît toujours plus gros à la télé. Ne t'inquiète pas, tu es très bien, allez mange.

Avec un sourire, Charlie a avalé la fin de sa pizza d'accompagnement.

– Est-ce qu'on ne devrait pas parler de ce qui vient de se passer ? ai-je demandé.

– Par où commencer ? a dit Ben.

J'ai posé la tête sur la table. Je me sentais soudain fatigué.

– On n'a pas vraiment fait profil bas. On est passés aux infos du pays de Galles trois fois.

– Et moi, une fois dans *La Gazette de Barry* ! a ajouté Charlie joyeusement.

– Fred, ne t'inquiète pas. Personne ne sait que c'était nous, a repris Ben. Tout le monde croit qu'il y a de vrais super-héros et que les Trois Saints sont apparus à une femme appelée Beryl.

Je me suis aperçu que j'avais la joue dans une flaque de ketchup desséché. Je me suis redressé pour m'essuyer avec une serviette.

– Mais ce sont des mensonges.

Ben a haussé les épaules.

– Et alors ?

Ça m'a énervé.

– Alors ?

Charlie a soupiré.

– Oui, qu'est-ce que ça peut faire ? Ça ne cause de tort à personne.

Je n'ai pas su quoi répondre sur le moment.

– Les gens ont besoin de connaître la vérité. Il ne faut pas leur laisser croire que les miracles existent.

– Pourquoi pas ? a demandé Ben.

– Parce que.

– Parce que quoi ?

Je ne voulais pas continuer cette conversation, vu que je n'avais pas de réponse. Alors j'ai posé à voix haute la question qui me taraudait :

– Et si le Boss comprend que c'est nous et nous rattrape pour se venger ?

– Comment il ferait ça ?

J'ai réfléchi un moment. Ben avait raison. Rien ne pouvait mener le Boss jusqu'à nous. Ou du moins, c'est ce qu'on croyait.

Ben a saucé son assiette de haricots à la tomate avec son dernier morceau de pain.

– On n'a que deux choses à faire : numéro un, trouver Alan Grenouillet, et numéro deux, faire en sorte que nos parents ne se doutent de rien. On devrait les appeler.

C'était logique. Ben a appelé le gérant.

– Vous auriez un téléphone à pièces ?

Il a fait un signe de tête.

– Par là.

Charlie a bondi en faisant crisser sa chaise.

– Je commence !

Ben lui a donné des pièces.

– Allô, c'est moi, Maman est là ? (Il y a eu une longue pause.) Gabriella, c'est Charlie… Charlie, ton frère… Va chercher Maman.

Il s'est tourné vers nous en levant les yeux au ciel. Puis son visage s'est affaissé.

– Comment ça, je vais avoir de gros ennuis ? Qui me cherchait ?

Il se passait quelque chose.

– Et qu'est-ce qu'il voulait ? a poursuivi Charlie, perplexe. Il a dit son nom ?

J'ai échangé un regard avec Ben. J'aurais bien voulu savoir ce que racontait la sœur de Charlie, mais je n'ai pas compris un mot de ses hurlements stridents dans le combiné.

– Je ne comprends pas : comment il a su que c'était ma chaussette ?

Il y a eu d'autres couinements stridents.

– D'accord, OK… OK. OK. Je peux parler à Maman maintenant, s'il te plaît ?

Gabriella a crié quelque chose d'autre et Charlie s'est effondré sur une chaise.

– Bon, alors dis-leur que j'ai appelé, que tout va bien, qu'il ne faut pas s'inquiéter et qu'on sera de retour ce soir. Tu veux bien faire ça, s'il te plaît ?

Nouveaux couinements au bout du fil. Charlie a fermé les yeux.

– Gabriella… Gabriella… Gabriella !

Il a tapé trois fois le téléphone sur la table avant de hurler dedans :

– ÉCOUTE-MOI, BON SANG ! Tout va bien. Je suis avec Ben et Fred et on rentre bientôt. Dis-le à tout le monde, d'accord ?

Charlie a raccroché, tout pâle.

– Bon, ça ne s'est pas très bien passé.

Mon estomac s'est noué.

– Ils savent tout, hein ?

– Il paraît que quelqu'un est venu chez moi en taxi hier.

– En taxi ? a répété Ben d'une voix chevrotante.

– Il a demandé s'il pouvait m'interviewer au sujet de ma victoire au concours de mangeur d'oignon à la foire annuelle de Barry. Ma mère a cru qu'il se trompait, du coup il lui a montré ma photo en disant que c'était bien moi puisqu'il y avait mon nom et mon adresse sur le registre d'inscription du concours et que mon nom était cité dans *La Gazette de Barry*.

– Génial.

J'avais la poitrine de plus en plus comprimée.

– D'après Gabriella, Maman a piqué une crise de nerfs parce qu'elle croyait que j'étais chez Fred, et pas à un concours au pays de Galles. Apparemment le type a insisté pour me parler et puis il lui a donné une chaussette.

– Une chaussette ? Pourquoi ?

– C'était ma chaussette. Il a dit que j'avais dû la perdre.

Ça n'avait aucun sens.

– Comment il a su que c'était ta chaussette ?

– Elle portait une étiquette avec mon nom. Selon Gabriella, elle avait l'air brûlée.

J'ai réfléchi à ça un instant.

– Il l'a trouvée sur son bateau, forcément… le Boss ?

Charlie a gigoté sur sa chaise.

– Sûrement.

Tout partait à vau-l'eau.

Ben s'agrippait si fort à la table qu'il avait les doigts tout blancs.

– Le Boss sait qui nous sommes. Il sait qu'on était sur son bateau et il sait qu'on a volé les bagues, ai-je récapitulé très vite en couinant.

J'ai bien vu que Ben et Charlie n'avaient pas compris, alors je me suis répété.

– Qu'est-ce qu'on va faire ? a demandé Charlie. Nos parents vont nous tuer.

– Pas si le Boss nous trouve avant, a rétorqué Ben.

J'ai dégluti avec difficulté.

– On devrait peut-être rentrer ?

On s'est tus longtemps, parce qu'on essayait de comprendre ce qui venait de se passer dans la dernière demi-heure. Ça faisait beaucoup à digérer.

Puis Ben a ouvert la bouche :

– On pourrait rentrer, et tout raconter à nos parents et à la police. Mais je crois qu'avec ces nouveaux déguisements on a des chances d'atteindre Saint David's. Si on se montre prudents. On est quand même arrivés jusqu'ici. C'est quoi, un pas de plus ?

Je l'ai regardé, abasourdi.

– Tu es sûr ?

Il a souri.

– Sûr et certain.

Je me suis tourné vers Charlie.

– Qu'est-ce que tu en penses ?

– Ma raison me conseille de faire demi-tour. Mais ma raison a toujours été beaucoup moins forte que ma déraison, alors moi je dis : on continue. C'est vrai, quoi, on est arrivés jusqu'ici.

– Je ne sais pas, ai-je hésité... Tout semble nous suggérer de rentrer à Andover.

Soudain, la porte du café s'est ouverte à la volée et un garçon plein de taches de rousseur et en uniforme de scout nous a interpellés :

– Le bus part pour le jamboree dans cinq minutes !

– C'est où, le jamboree ? lui a demandé Ben.

Le garçon a fait la grimace.

– Ben, à Saint David's. Vous venez ou quoi ?

Ben et Charlie m'ont regardé, puis Ben a dit :

– Je ne sais pas. Fred ?

Et en un clin d'œil, on s'est retrouvés dans un car, en route vers le lieu de l'ultime repos de saint David.

Prochain arrêt : Alan Grenouillet.

CHAPITRE 24

On arrive enfin au lieu de l'ultime repos de saint David.

Les scouts aiment chanter. Ceux-là ont chanté pendant tout le trajet jusqu'à Saint David's. À tue-tête. Ils se rattrapaient sûrement des heures passées en silence pour leur œuvre caritative. Mais même leurs chants les plus joyeux n'ont pas apaisé le tumultueux mélange d'excitation, de nervosité et de terreur pure qui bouillonnait en moi. Persuadé que le Boss nous pourchassait, je devais m'empêcher de plonger sous mon siège à chaque fois qu'on croisait un taxi.

L'avantage des scouts, c'était qu'avec toutes leurs chansons, ils ne posaient pas de questions pour savoir par exemple pourquoi on ne portait pas nos foulards. Ils n'ont cessé de chanter que quand le conducteur de l'autocar a allumé la radio pour écouter les infos qui annonçaient la visite du pape à l'église des Trois Saints.

On a échappé à la vigilance des scouts quand tout le monde est descendu du car à Saint David's. Je n'arrivais pas à croire qu'on y était enfin ! Cela dit, mon triomphe a été de courte durée : je me suis aperçu que même si on était arrivés à Saint David's, je n'avais pas la moindre idée d'où pouvait se trouver Alan Grenouillet.

– On devrait aller à l'office du tourisme, a suggéré Charlie.

L'idée m'a semblé bizarre.

– Alan Grenouillet n'est pas une destination touristique.

– L'église des Trois Saints non plus, pourtant le pape y va pour les vacances, a gloussé Charlie.

– En fait, ça se tente… l'office du tourisme, a renchéri Ben. Et puis, qu'est-ce qu'on a d'autre, comme piste ?

Je ne savais pas trop, alors comme on n'avait pas d'autre plan, on y est allés.

Lianne (c'est la dame qui travaillait là-bas) nous a beaucoup aidés. Elle avait un visage doux qui m'a rappelé la statue de la Vierge Marie aux Trois Saints. Même si Lianne, elle, portait un énorme chouchou dans les cheveux et des boucles d'oreilles dorées démesurées.

Elle a indiqué à Charlie que saint David reposait à la cathédrale Saint-David et elle nous a donné un plan très utile de la ville. Quand on lui a posé la question pour Alan, elle nous a suggéré d'aller voir à l'hôtel de ville.

– Ils ont un registre de tous les habitants ? ai-je demandé.

– Oooh, peut-être bien, a-t-elle répondu. Adressez-vous à Hilda. Elle connaît tout le monde ici. Si quelqu'un a entendu parler de votre Alan Grenouillet, ce sera elle.

– Merci, Lianne.

– On vous mettra un super commentaire sur TripAdvisor, a ajouté Ben.

On a fini par trouver Hilda pendant sa pause cigarette derrière l'hôtel de ville. Pour une vieille dame, elle portait un sacré paquet de maquillage et elle avait un sens de la mode que Grams aurait qualifié d'« assez audacieux ». Outre ses cheveux blond-blanc relevés sur la tête, elle arborait un gilet en imprimé léopard. Elle m'a rappelé Lady Gaga. La chienne et la chanteuse.

Je lui ai fait mon discours sur les dangers de la cigarette, puis j'ai abordé la véritable raison de notre présence.

– On nous a dit que vous sauriez comment retrouver quelqu'un, ai-je commencé en agitant la main pour chasser la fumée de sa cigarette.

À son tour, Hilda a agité la main en faisant cliqueter tous ses bracelets, mais pour me chasser, moi.

– Tu me prends pour qui ? Un détective privé à la manque ?

Elle n'avait pas l'air d'un détective privé (pas de chapeau, ni de lunettes noires), alors j'ai répondu :

– Non, Lianne de l'office du tourisme nous a dit que vous connaissiez tout le monde ici.

– Lianne, la fille de Cathy ? Celle qui travaillait au bowling ? Qui sortait avec le jeune Eric Johnson avant de lui briser le cœur ?

Grams faisait aussi ce genre de choses, raconter la vie de gens que je ne connaissais pas.

– Elle avait un chouchou dans les cheveux et des grosses boucles d'oreilles…

– Oh, *cette* Lianne, la fille de Maureen. Pourquoi tu ne l'as pas dit plus tôt ? (Hilda a tiré sur sa cigarette.) Oui, je connais cette Lianne. D'après elle, je connais tout le monde, hein ? Eh bien, elle a raison. Vous cherchez qui, les garçons ?

– Alan Grenouillet.

Hilda a sursauté puis s'est appuyée au mur.

– Ça va, madame ? s'est inquiété Charlie.

Hilda a pris une longue bouffée de cigarette en me lançant un regard soupçonneux.

– Comment tu connais Alan Grenouillet ?

Je n'ai pas su quoi répondre. Je ne voulais pas raconter que j'étais le fils d'Alan Grenouillet à quelqu'un que je venais à peine de rencontrer.

– Ma maman le connaissait. Je crois.

– C'est qui, ta maman ?

– Elle s'appelait Molly Yates.

Hilda a secoué la tête.

– Jamais entendu parler…

Puis elle s'est interrompue et m'a dévisagé. Pendant des siècles. La cendre au bout de sa cigarette est devenue très longue et elle ne l'a tapotée que quand Ben a demandé :

– Bon alors, vous connaissez Alan Grenouillet, oui ou non ?

Elle a hoché lentement la tête.

– Je crois qu'il vaudrait mieux que vous veniez avec moi.

J'ai soupesé le danger que pouvait représenter une petite dame âgée face à trois super-héros bien bâtis avant de déclarer :

– D'accord. On va où ?

– On va chez moi. Je ne veux pas parler de mon Alan ici.

Son Alan ? Qu'est-ce que ça voulait dire ? Comment *son* Alan pouvait-il être *mon* Alan ? J'avais tellement de questions à poser, mais à son expression, j'ai compris qu'elle n'allait pas y répondre tout de suite.

La voiture d'Hilda était le véhicule le plus étrange que j'avais vu de ma vie. Elle avait un toit décapotable roulé, une roue de secours fixée sur le capot et apparemment, on devait lui taper dessus avec un maillet pour la faire démarrer. Elle a dit que c'était une Citroën 2CV de 1965.

– Je ne savais pas que les voitures existaient déjà à l'époque, a commenté Charlie.

C'est là que j'ai pu glisser que le premier moteur de voiture a été inventé par Karl Benz (le Benz de Mercedes-Benz) en 1885. Je crois qu'Hilda a été impressionnée par mes connaissances parce qu'elle a dit :

– Ah bon ?

Alors Ben a expliqué :

– Il adore les faits.

Et Hilda a répété :

– Ah bon ?

Pendant le trajet, j'ai voulu lui poser des questions sur Alan Grenouillet, mais elle s'est contentée de répondre :

– Attends qu'on soit à la maison.

Et elle n'arrêtait pas de me fixer dans son rétroviseur.

Sa maison était un joli petit pavillon blanc avec vue sur la mer. Elle nous a servi de la limonade et des biscuits dehors et on s'est assis sur un banc qui tombait en ruine pour regarder les vagues sous le soleil.

– D'où vous venez, les garçons ? a demandé Hilda.

– D'Andover, ai-je répondu.

Elle a hoché la tête comme si elle connaissait déjà la réponse.

– Et quel âge vous avez ?

– Onze ans presque et demi.

Je n'avais vraiment pas envie de parler de moi. Je savais qui j'étais. En revanche, j'ignorais tout de mon père biologique. J'ai bu mon verre d'un trait.

– Alors vous connaissez Alan Grenouillet ?

Elle a regardé la mer.

– Oui, je connaissais Alan. Je le connaissais même très bien.

C'est drôle comme un tout petit mot peut tout changer.

Elle avait dit « connaissais ». Pas « connais ». *Connaissais.*

C'est comme ça que j'ai su.

– Il est mort, c'est ça ?

J'ai prononcé ces paroles, mais je n'ai pas eu l'impression qu'elles sortaient de ma bouche.

– Oui, j'en ai bien peur. Il est mort il y a presque deux ans.

Un filet de mascara noir a coulé sur son visage.

Je crois qu'elle a continué à parler après ça, mais je n'écoutais pas. Je me rappelais ce que j'avais dit à Ben : « Les gens meurent, ils meurent tout le temps. » En tout cas, les gens de ma famille mouraient.

J'ai eu un grand haut-le-cœur. On avait perdu notre temps depuis le début. On avait fait tout ça pour rien. J'avais entraîné Ben et Charlie dans les ennuis pour rien. On avait traversé le pays pour rien.

Ben et Charlie me regardaient, l'air inquiet, et Hilda a posé sa main fripée sur mon genou. Je ne voulais pas qu'ils me regardent, qu'ils me touchent, ni qu'ils soient gentils.

Je me suis levé et j'ai dit :

– Je crois que j'ai besoin d'être un peu seul… Excusez-moi…

Et j'ai couru. Je suis sorti du jardin à toute vitesse, j'ai dévalé la colline jusqu'à la mer, droit dans mon miracle.

CHAPITRE 25

Mon miracle

Ce n'était pas de la colère que je ressentais en courant, c'était plus que ça. De la confusion. De l'injustice. De la rage. Et il fallait que ça sorte avant que ça me dévore.

Quand je suis arrivé au bord de la mer, j'ai ramassé un galet et je l'ai jeté dans l'eau de toutes mes forces. Ça m'a fait du bien, alors j'en ai lancé un autre, et encore un autre, jusqu'à avoir trop mal aux bras. Et puis j'ai crié vers le ciel parce que tout ça c'était injuste et j'ai hurlé jusqu'à avoir trop mal à la gorge.

Lentement, j'ai senti quelque chose remuer en moi. La rage avait disparu, remplacée par un autre sentiment. Une tristesse profonde, et écrasante.

Je suis tombé à genoux et j'ai pleuré.

J'ai pleuré pour Grams, pour Maman et pour Alan, et un peu pour moi aussi. D'accord, beaucoup pour moi. J'ai pleuré de gros sanglots de tristesse rien que pour moi.

J'ai pleuré encore et encore, jusqu'à ne plus avoir ni de larmes, ni de morve. Mais je n'étais pas prêt à m'arrêter, alors je me suis forcé à continuer de pleurer même si je ne pleurais plus vraiment. Je faisais juste des bruits qui ressemblaient beaucoup aux cris des mouettes au-dessus de ma tête.

Et puis quelqu'un a dit :

– C'est bien, laisse tout sortir.

Soudain super honteux, j'ai fait volte-face pour voir qui m'avait découvert en pleine crise d'effondrement. Avec le soleil dans les yeux, je n'ai pas vu qui c'était.

Puis la personne a dit quelque chose qui m'a fait sursauter de l'intérieur.

– Viens me voir, mon courageux petit soldat.

Une seule et unique personne dans le monde entier m'appelait son petit soldat.

J'ai mis ma main en visière et cligné furieusement des yeux. Sans même y penser, je me suis entendu demander :

– Grams ?

– Qui veux-tu que ce soit d'autre ?

Elle s'est avancée vers moi. C'était bien elle.

– Viens faire un câlin à ta vieille Grams. Je n'ai pas beaucoup de temps.

– Mais tu es morte.

– Oui, je le sais, Fred. Mais je sais aussi voir quand mon petit-fils a besoin de moi.

– Mais tu es morte, ai-je répété. Tu as eu un certificat et tout.

– Un certificat ? Ça alors. Allons, je ne suis pas là pour parler de moi. Je sais qui je suis. Et même si je suis morte, je suis toujours ta Grams. C'est compris ?

J'ai acquiescé même si je ne comprenais pas. Je ne comprenais rien du tout. Elle parlait bien comme Grams, pourtant. J'ai encore cligné des yeux. Elle ressemblait bien à Grams, avec des contours un peu plus scintillants peut-être, mais j'aurais reconnu ce menton poilu n'importe où.

– Tu viens du paradis ?

– Où pensais-tu que j'atterrirais ? J'ai lavé assez de vos caleçons sales, à ton père et à toi, pour gagner ma place là-haut trois fois de suite.

– Est-ce que c'est réel ? Tu es vraiment là ?

– Je suis soit réelle, soit le fruit de ton imagination que tu as créé pour pouvoir supporter un choc émotionnel récent. C'est toi qui décides. Maintenant, si tu pouvais m'expliquer pourquoi nous sommes sur une plage du lieu le plus à l'ouest du pays de Galles, à chercher…

Elle a fermé les yeux un instant et j'ai bien vu qu'elle avait du mal à dire le nom.

Elle a fini par se forcer à sourire et elle a dit :

– Alan Grenouillet.

J'ai tracé un petit rond dans le sable avec mon pied.

– J'ai cru que tout irait bien, que je serais heureux si je retrouvais Alan Grenouillet.

Grams a levé les yeux au ciel.

– Seigneur, donne-moi la force. Tu croyais qu'Alan Grenouillet pouvait te rendre heureux ? Pourquoi as-tu pensé une chose pareille ?

Mes yeux se sont mis à me picoter, comme si j'allais pleurer de nouveau.

– Parce que la famille ça rend heureux, c'est toi qui me l'as dit. Tu l'as même tricoté sur un de mes pulls.

– Oh, Fred, c'est ce que tu as cru ?

J'ai remarqué que même si elle étincelait toujours sur les bords, son corps commençait à s'effacer. Je me suis frotté le nez fort avec ma manche, puis je l'ai regardée avec un air accusateur.

– Ben… Je n'ai plus beaucoup de famille, non ?

– Ça dépend de ta définition de la famille. Je crois que tu t'es servi de la mauvaise définition.

– Ah bon ?

– Oui, mais je suis sûre que tu t'en rendras vite compte. Bon, il me semble que j'ai demandé un câlin il n'y a pas si longtemps.

Quand Grams m'a serré contre elle, j'ai été submergé par l'odeur de la lavande et des berlingots à la menthe.

– Ne t'en va pas, ai-je dit.

Elle m'a pris les épaules pour me regarder droit dans les yeux. Le scintillement de ses bords s'étendait sur tout son corps.

– Ne pas m'en aller ? Tu sais bien que je ne peux pas rester ici. Et puis tu as une autre mamie pour veiller sur toi, maintenant.

– Une autre mamie ?

– Hilda. Seulement promets-moi de ne pas l'aimer plus que moi. Sinon je redescendrai pour te châtier.

– Promis, ai-je pleurniché, avant d'ajouter : Donc ça peut arriver pour de vrai, d'être châtié ?

– Tu as intérêt à le croire. Allez maintenant, plus de larmes, ça va aller. Le monde est un endroit merveilleux, Freddie. Plein d'aventures, de héros et de miracles, si on sait où les chercher.

J'ai hoché la tête. J'ai essayé d'être courageux et de ne pas pleurer.

– Je t'aime, Fred.

– Je t'aime, Grams.

C'était de plus en plus difficile de la voir parce que le scintillement brillait très fort.

– Oh, Grand Dieu, s'est écriée Grams, j'ai failli oublier ! Il faudra que tu dises à ton père de mettre la photo de moi avec le gilet bleu sur la jaquette du programme des funérailles. Il a choisi celle avec l'ensemble pêche qui ne me va pas du tout au teint.

Puis elle a fait demi-tour pour s'en aller.

Mais soudain, j'ai pensé à quelque chose. Si Grams était là, est-ce que ça voulait dire que… je ne pouvais pas la laisser partir sans le lui demander.

– Attends ! ai-je crié. Tu l'as vue ?

Grams a souri en faisant signe que oui.

– Regarde derrière toi.

J'ai senti une main sur mon épaule. Je me suis retourné. C'était ma maman et on aurait dit de la poussière d'étoile. Je l'ai serrée contre moi et j'ai senti l'air de la mer et les pétales de rose. Elle a posé le menton sur ma tête, et elle a dit :

– Ton papa vient te chercher.

J'ai senti les mots *Je t'aime*.

Et puis Grams et Maman ont disparu.

CHAPITRE 26

Où mon père me retrouve

On ne le sait pas, mais vivre un miracle est assez épuisant. J'ai dû m'endormir, parce qu'à mon réveil, il faisait un peu froid et la mer s'était retirée loin. Je me suis levé en me frottant la tête pour retirer le sable de mes cheveux. Puis, les bras serrés autour de moi pour me réchauffer, je suis retourné vers la colline que j'avais dévalée depuis la maison d'Hilda.

Charlie et Ben devaient probablement commencer à s'inquiéter. Je ne savais pas du tout combien de temps j'étais parti. J'allais leur raconter que j'avais marché et que je m'étais perdu, ou quelque chose comme ça. J'ai décidé de ne pas leur parler de ma conversation avec ma grand-mère décédée, ni de ma maman. Ben penserait que le stress m'avait fait perdre la boule et Charlie ne se remettrait jamais d'un autre miracle après celui de Sheila-la-brebis-salvatrice.

Alors que je marchais dans le sable, j'ai aperçu une silhouette qui s'avançait vers moi toute chancelante, agitant un long bâton au-dessus de sa tête.

– Fred ? Fred !

– Papa ?

J'ai piqué un sprint.

Il a essayé de clopiner un peu plus vite avec ses béquilles.

Quand je suis arrivé devant lui, j'ai vu qu'il avait les yeux tout cernés, mais il s'était rasé et il portait même une chemise à la place d'un de ses tee-shirts miteux.

– Papa, qu'est-ce que tu fais là ?

– Qu'est-ce que *je* fais là ?

La voix un peu tremblante de colère, il a braqué une béquille accusatrice sur moi.

– Qu'est-ce que *toi*, tu fais là, bon sang de bonsoir ?

Sans me laisser le temps de répondre, il m'a serré fort contre lui.

– Ne refais jamais ça, tu m'entends ? Ne t'enfuis plus jamais.

Je ne savais pas trop s'il me faisait un câlin ou s'il essayait de m'étrangler. Peut-être un peu des deux.

Il m'a attrapé par les épaules, les béquilles accrochées à ses poignets, puis il m'a regardé droit dans les yeux.

– Si tu t'enfuis encore, je te pourchasserai, et je te trouverai. Et quand je t'aurai retrouvé, tu regretteras de n'avoir pas fui mieux que ça. Tu regretteras tellement de ne pas avoir fui mieux que ça que si fuir était un sport, tu voudrais être le champion du monde. Tu comprends ce que je te dis ?

– Pas vraiment. Tu racontes n'importe quoi.

– C'est parce que je ressens beaucoup d'émotions en ce moment, Fred.

– Tu devrais peut-être essayer de te concentrer sur la joie plus que sur la colère ?

– À partir de maintenant, à chaque seconde de chaque minute de chaque jour, tu me diras exactement ce que tu es en train de faire. Où tu es, et avec qui. J'ai besoin de tout savoir. Tu vas faire pipi ? Je dois le savoir !

L'histoire du pipi me semblait excessive, mais je n'allais pas me disputer avec quelqu'un d'aussi à cran, alors j'ai répondu :

– D'accord, Papa. Je te dirai quand je vais faire pipi.

– D'accord. Bien. Bon en fait, oublie pour le pipi. Mais tout le reste… tu dois me dire tout le reste.

– Est-ce que je vais être puni pour toujours ?

– Plus longtemps que ça.

C'était sûrement de bonne guerre.

Ses yeux se sont adoucis un peu.

– Ben et Charlie m'ont raconté pour M. Grenouillet. Comment tu te sens ?

J'ai aperçu mes copains qui se tenaient un peu à l'écart sur la plage, avec leurs parents. Ils m'ont fait un signe de la main auquel j'ai répondu.

– Ça va, Papa.

– Ce sont de bons copains. Ils se sont inquiétés quand tu es parti en courant comme ça.

– Pardon. Je n'ai pas réfléchi.

Papa a secoué la tête en soupirant :

– Je suis content qu'on vous ait retrouvés sains et saufs, Fred.

Ça soulevait une interrogation. Comment m'avait-il retrouvé ?

– Comment vous avez fait pour arriver si vite d'Andover ?

– Le père de Ben, Becky, la mère de Charlie et moi, nous nous sommes précipités au pays de Galles à l'instant où ce chauffeur de taxi est arrivé en brandissant cet article de journal et en posant des questions.

– Un article de journal ?

– Celui qui parlait de Charlie Anderson, 114e champion mangeur d'oignon cru de Barry.

– Oh, celui-là.

– Becky nous y a tous emmenés hier soir pour essayer de vous retrouver. On a suivi votre trace jusqu'à Gileston et on était en train de parler à un certain agent Mike quand Ben nous a appelés pour nous raconter ce qui s'était passé, et que tu étais bouleversé.

– Pardon de t'avoir inquiété. Je croyais que j'allais pouvoir faire l'aller-retour sans que tu t'en aperçoives.

– Pourquoi tu es venu ici, Fred ?

J'ai regardé vers la mer. La marée était encore plus basse à présent.

– J'ai cru qu'il y avait quelque chose dont j'avais besoin ici. Mais je me suis trompé.

Il a passé un bras autour de moi.

– Tu es gelé. Rentrons, on va te réchauffer. Et puis on discutera des choses qui vont changer à la maison. J'ai été un papa un peu nul ces derniers temps… (Il a levé la main.) Non, ne dis pas le contraire.

Je n'allais pas dire le contraire, mais j'ai préféré me taire.

– J'ai fait une promesse à ta mère, et si Grams était là et qu'elle pouvait m'entendre, je lui ferais la même promesse. C'est celle de prendre soin de toi et de t'aimer jusqu'à ma mort.

J'ai regardé les derniers petits morceaux de soleil scintiller sur la mer.

– Tu sais quoi, Papa ? Peut-être que Maman est là, avec nous. (Je me suis retourné vers lui.) Tu crois que tu pourrais reporter un peu ta mort et tout ça ?

– Marché conclu, si tu promets de ne plus t'attirer d'ennuis.

Mais avant de pouvoir dire que j'avais eu assez d'ennuis pour toute une vie, un taxi est apparu au bout de la plage. Les ennuis m'avaient retrouvé.

CHAPITRE 27

L'ÉNORME nombril de Charlie Anderson nous met tous dans le pétrin.

Le taxi Col T s'est garé juste là où Ben et Charlie nous attendaient avec leurs parents. Papa et moi les avons rejoints. Le chauffeur chauve transportait maintenant un passager à l'avant. Ils sont descendus de la voiture en claquant les portières. Ils étaient tous les deux très costauds. Le chauffeur portait des lunettes de soleil et son crâne totalement nu brillait. L'autre arborait un blouson de cuir sur une chemise hawaïenne. Il avait retroussé ses manches, je soupçonne que c'était pour bien montrer ses avant-bras musclés.

Le chauffeur à tête luisante s'est allumé une cigarette. Papa et moi sommes arrivés à temps pour l'entendre dire :

– Notre boss veut parler à vos gosses.

J'ai observé la fumée qui sortait de sa bouche en pensant que s'il y avait un bon moment pour que l'une des 5 000 toxines de la cigarette agisse, c'était maintenant. Malheureusement, il est resté très en vie.

– Votre boss devra d'abord me passer sur le corps, a lancé Papa en s'avançant vers eux sur ses béquilles.

Les deux types ont échangé un regard narquois. J'aurais bien voulu être un vrai super-héros pour leur coller mon poing dans la figure. Le type à la chemise hawaïenne a crié vers la voiture :

– Eh, boss, l'éclopé dit que c'est à lui qu'il faut s'adresser.

La portière arrière du taxi s'est ouverte.

Le Boss est sorti. Il portait des bottes de cow-boy.

Trev le Colosse.

Charlie, Ben et moi, on s'est regardés. Le Boss, c'était Trev le Colosse ?

Trev le Colosse s'est avancé vers mon père.

– Vous savez, je ne cherche pas les ennuis. Je veux seulement récupérer ce qui m'appartient. Si vous faites en sorte que vos gosses me rendent mes anneaux, je vous ficherai la paix.

– On les a pas, vos anneaux, est intervenu Ben.

– Je sais que c'est faux, a rétorqué Trev le Colosse. Je n'ai pas suivi vos vieux jusqu'ici pour rien. Maintenant, donnez-moi mes anneaux.

La mère de Charlie s'est avancée avec l'air furieux.

– Si nos garçons disent qu'ils ne savent rien de ces anneaux, c'est qu'ils ne savent rien de ces anneaux, alors déguerpissez.

Trev le Colosse a souri.

– Le truc, ma petite dame, c'est que j'ai la preuve que ces affreux mioches m'ont volé deux bagues. J'aimerais beaucoup les récupérer.

Il a ouvert un pan de sa veste pour révéler ce qui semblait être un pistolet.

– Vous pouvez me montrer ce truc tant que vous voulez, a continué la mère de Charlie, ça ne transformera pas mon Charlie en voleur. On vous a dit qu'ils n'avaient pas pris vos anneaux.

– En fait…, a commencé Ben.

Tout le monde s'est tourné vers lui.

– J'avais bien un de vos anneaux, mais on l'a donné à un type qui essayait de braquer une épicerie, a-t-il expliqué.

Tous les parents ont alors crié en même temps :

– QUOI ?

Trev le Colosse n'a pas eu l'air surpris. Il a sorti un anneau de sa poche pour nous le montrer.

– Je sais. J'ai déjà dû lui racheter celui-ci. Ce que je veux, c'est *l'autre* anneau cygne. Ils n'ont de valeur que par paire.

– Je ne comprends pas, suis-je intervenu. L'autre aurait dû être sur votre épouvantail. C'est là qu'on l'a laissé.

Papa m'a regardé avec l'air de dire : « Vous avez fait *quoi* ? »

– On s'est dit que vous alliez le récupérer et empocher la récompense.

– J'ai mis des mois à planifier leur vol dans *Antiquités Show*. Pourquoi serais-je allé les rendre après m'être donné autant de mal ?

– On ne savait pas que c'était vous qui les aviez volés.

J'ai dû m'empêcher d'ajouter « Crétin ! » à la fin.

Trev le Colosse a croisé les bras.

– Excellente histoire, gamin, mais ça ne prend pas. J'ai fouillé tout Barry et il n'y a aucun anneau cygne là-bas. Personne ne l'a rapporté, il n'est certainement pas resté sur notre épouvantail, ce qui signifie que vous l'avez.

– Honnêtement, on ne l'a pas, et ça c'est un *fait*, ai-je insisté.

Trev le Colosse nous a remontré son pistolet très effrayant.

– Écoutez, vous avez intérêt à dire la vérité, sinon il va y avoir du grabuge.

– On vous dit la vérité, a protesté Ben.

Becky a posé les mains sur ses épaules.

– Notre Ben n'est pas un menteur.

Son père a ajouté :

– C'est vrai. C'est un bon garçon.

Becky a renchéri :

– Ouais, c'est le meilleur !

Et Ben a eu l'air perplexe, heureux et terrifié à la fois.

– Tout cela est très réjouissant, mais vous m'avez déjà volé mon trophée de mangeur d'oignon, et je vous assure que vous n'emporterez pas mon anneau au paradis ! a menacé Trev le Colosse.

J'ai insisté :

– Écoutez, il faut nous croire, on ne l'a pas, votre anneau débile. Hein, Charlie ?

Charlie restait muet. Planqué derrière sa mère, il affichait l'expression la plus coupable que j'avais jamais vue.

– Charlie !

Même ses oreilles sont devenues rouges.

– Où est-il ?

Il m'a chuchoté :

– Je l'ai caché dans mon nombril.

J'ai été tellement surpris que, sans le faire exprès, j'ai crié :

– Dans ton nombril ?

(Si vous vous demandez comment il n'est pas tombé, regardez le nombril de Charlie. Je vous jure que si on crie dedans, ça fait de l'écho.)

– Mais pourquoi ? ai-je demandé.

– Aucune idée… Pour la même raison que Ben, je crois… parce qu'il était joli.

– Hein ? s'est écrié Ben. Ce n'est pas pour ça que j'ai pris le mien. Je l'ai pris en cas de besoin.

Charlie a eu l'air encore plus mal à l'aise.

– Oui, c'est ce que je voulais dire… En cas de besoin.

Trev le Colosse s'est impatienté.

– Bon, ça suffit !

Il a fait signe au chauve, avant de désigner Charlie.

– Fouille-le.

Le chauve n'avait pas l'air partant. Il passait d'un pied sur l'autre en observant Charlie avec hésitation.

– Je ne sais pas, patron. C'est qu'un gosse.

Mais Trev le Colosse n'était pas du genre à accepter le refus.

– Pas de discussion. Obéis. Sinon tu te retrouveras au chômage plus vite que tu ne peux dire P45.

Je ne sais pas pourquoi, ça devait être le stress, mais j'ai demandé :

– C'est quoi P45 ?

Trev le Colosse a répondu :

– C'est un certificat qu'on te donne quand tu démissionnes ou que tu es viré d'un boulot.

– On reçoit un certificat pour ça aussi ?

Ça paraissait aussi dingue que celui de Grams pour sa mort.

– Bon, arrête de me déconcentrer, a râlé Trev le Colosse avant de se retourner vers le chauve. Fouille le petit gros immédiatement !

La mère de Charlie s'est avancée d'un grand pas.

– Alors, vous, écoutez-moi bien ! Mon Charlie n'est PAS GROS. Il est absolument parfait en tous points. Posez un doigt sur lui et je vous l'arrache.

La chemise hawaïenne a bousculé Mme Anderson. Pour de vrai. Puis il a attrapé Charlie par le col et l'a soulevé sur la pointe des pieds. Charlie a gémi.

Trev le Colosse a ordonné :

– Déshabille-le comme il a déshabillé mes épouvantails.

Charlie a gigoté dans tous les sens pour se libérer. Mme Anderson s'est fâchée pour de bon : elle s'est mise à hurler en décochant des coups de poing à la chemise hawaïenne. Le chauve lui a agrippé le bras pour l'éloigner. Alors Becky et le père de Ben ont agrippé le chauve qui s'est débattu. Papa s'est jeté dans la mêlée en faisant tourner ses béquilles au-dessus de sa tête comme un ninja. C'était incroyable.

Trev le Colosse n'était pas très content de la tournure que prenaient les évènements. Il était de la même couleur que l'oignon rouge que j'avais mangé une fois au restaurant. Il a crié :

– Arrêtez de faire n'importe quoi et sortez mon anneau de ce gosse !

La chemise hawaïenne a enfoncé le doigt dans la poitrine de Charlie.

– Allez, gros tas, rends l'anneau.

Bon, quand il a dit ça, quelque chose s'est réveillé en moi. Il était hors de question que je laisse une personne de plus insulter Charlie. Sans réfléchir, je me suis jeté sur la chemise hawaïenne et me suis accroché à son dos en hurlant :

– Il n'est pas gros ! Il est costaud !

Ben s'est jeté dans la bagarre à son tour pour libérer Charlie en criant :

– Ou robuste !

La lutte de trois garçons contre un homme s'est terminée par terre. On a roulé et roulé dans le sable en se cognant les coudes et les genoux. Tous les parents sont venus à notre rescousse. Je crois que Mme Anderson m'a frappé sans faire exprès deux fois et Ben s'est pris un coup de béquille. Ce carnage n'a cessé que quand on a entendu une explosion à nous vriller les tympans.

Je me suis tiré de sous l'aisselle de la chemise hawaïenne pour découvrir Trev le Colosse qui pointait son pistolet en l'air.

– Ça suffit. Donnez-moi l'anneau, ou je transforme l'un de vous en passoire.

Il a tiré un autre coup de feu vers le ciel.

Tout le monde s'est figé. Trev le Colosse s'est approché de Charlie.

C'est là que mon deuxième miracle s'est produit.

Un goéland, victime du second coup de feu, est tombé du ciel sur la tête de Trev le Colosse, l'assommant sur-le-champ.

Ce n'était pas la foudre, mais Trev le Colosse venait bel et bien d'être châtié. Châtié bien correctement.

Comme ce n'est pas tous les jours qu'on voit un homme se faire assommer par un goéland, on a tous (et ça inclut ses hommes de main) regardé le ciel, puis Trev le Colosse qui gisait, la tête dans le sable.

Je ne sais pas combien de temps on aurait pu continuer à lever et baisser la tête comme ça, si la police n'était pas arrivée. Deux véhicules ont freiné comme des dingues sur la route qui bordait la plage, avec sirènes et gyrophares. La troisième voiture de police, qui ne s'est pas arrêtée à temps, a dérapé sur le sable. J'ai distingué Phyllis au volant, qui arborait une expression très déterminée. À côté d'elle, l'agent Mike s'accrochait à son casque, les yeux fermés, et Albert, penché par la vitre arrière, poussait des cris de guerre. Quand la voiture s'est arrêtée, Albert a bondi, bêche à la main.

– Alors, lequel d'entre vous détient mon héritage familial ?

On l'a tous regardé sans comprendre.

– Les anneaux ! s'est-il exclamé. Les bagues en forme de cygnes ! Celles qui ont été volées dans *Antiquités Show* parce que mon imbécile de sœur n'a pas pu s'empêcher d'aller les montrer au monde entier.

On a tous désigné Trev le Colosse qui gisait toujours dans le sable.

Quand il est enfin revenu à lui, il a dit qu'il avait l'impression d'avoir été frappé par une tonne de briques, mais même le plus gros des goélands, le goéland marin, ne pèse que 1,75 kg, pas une tonne. En revanche, si c'était un morse qui était tombé du ciel, là, il aurait senti la tonne passer.

L'agent Mike et les autres policiers lui ont vivement passé les menottes ainsi qu'à ses acolytes. (Plus tard, on a appris que Trev le Colosse était la première et à ce jour unique arrestation de l'agent Mike. Comme c'est lui qui a retrouvé et rapporté les anneaux à leurs propriétaires, Phyllis et Albert, il a reçu les 1000 livres de récompense. Phyllis le force à s'en servir pour se payer des leçons de conduite.) Quand on a demandé à Mike comment il avait su où nous étions et que nous avions les anneaux, il nous a répondu que lui aussi, il avait des superpouvoirs. Charlie l'a même cru un moment, avant que Phyllis nous explique plus tard qu'il était tombé sur la station des taxis Col T en trifouillant sa radio de la police.

Pendant que tous les parents racontaient aux policiers ce qui s'était passé sur la plage, Ben, Charlie et moi on est descendus au bord de l'eau pour faire des ricochets.

Ben a murmuré :

– Je suis désolé que tu n'aies pas trouvé ton père, mon pote.

– Ça va. Celui que j'ai est plutôt génial.

Charlie a renchéri :

– Pas aussi génial que Becky.

Je pensais que Ben allait broncher, mais non. Au lieu de ça, il a répondu :

– Elle est sympa, je suppose.

Charlie a jeté un autre caillou sur l'eau.

– Vous arrivez à croire tout ce qui s'est passé ces derniers jours ?

J'ai souri.

– Je ne sais pas, mais ce que je sais, c'est que ça a été un sacré voyage.

CHAPITRE 28

On dit au revoir à Grams.

Assis sur le premier banc à l'avant de l'église à côté de Papa, j'ai tourné le programme de la messe entre mes mains. Il y avait une photo de Grams en gilet bleu sur la couverture (le gilet qu'elle avait retiré chez M. Burnley en jouant au *Monopoly*). C'était la photo qu'elle avait demandée. Je l'ai passé à M. Burnley qui était au bout de notre rangée et il a souri.

Le prêtre s'est levé pour dire plein de choses gentilles au sujet de Grams. Puis il a fait un petit résumé de sa vie. C'était comme l'émission sportive, quand ils montrent les buts de la saison, sauf que là, il a parlé de toutes les meilleures choses qu'elle avait faites. J'en connaissais certaines, comme son premier prix au concours de confitures à l'Institut des femmes en 2016, parce que j'avais dû goûter environ trois mille recettes différentes. J'en ignorais d'autres, comme la fois où elle avait réussi à éliminer trois joueurs au cricket pour Hampshire. Je ne savais même pas qu'elle avait joué au cricket. J'ai aussi découvert qu'elle avait arrêté de conduire à cause d'une maladie des yeux appelée glaucome, pas guacamole, le plat mexicain. Du coup, c'était plus logique.

J'ai bien aimé apprendre de nouvelles choses sur elle, mais ça m'a aussi rendu triste.

J'aurais dû lui poser plus de questions.

Papa m'a pressé l'épaule avant de se lever sans ses béquilles pour parler. Il a sorti un papier de sa poche, qu'il a déposé sur le pupitre. Le voir se lever comme ça tout seul m'a donné envie de pleurer. Mon menton s'est mis à trembloter comme avant que les larmes arrivent. J'ai cru que j'allais provoquer un déluge, mais alors, Hilda a arrêté de gratter son patch de nicotine pour poser sa main sur la mienne, et je me suis senti un peu mieux.

Hilda, ce n'est pas une mamie très conventionnelle, mais elle s'en sort plutôt bien. Je ne dirais pas qu'elle est géniale parce que Grams pourrait entendre, et je voudrais éviter le châtiment. On ne m'ôtera pas de l'idée qu'elle a peut-être eu quelque chose à voir dans l'incident du goéland.

Papa s'est éclairci la gorge, il a réajusté sa cravate et a pris une grande inspiration avant de se lancer.

– J'ai eu beaucoup de chance de connaître Iris. Grâce à elle, j'ai pu connaître l'amour et le bonheur, à travers sa fille, Molly, et son petit-fils, mon fils Freddie.

» Iris m'a appris ce qu'est une famille. À la mort de Molly, je ne savais pas quoi faire. Certains d'entre vous se souviennent de mon état catastrophique. Mais Iris m'a ouvert son cœur et m'a accueilli à bras ouverts. Elle m'a appris à être un père. C'est elle qui m'a montré que ce n'est pas le sang qui coule dans nos veines, mais l'amour dans nos cœurs, qui nous rassemble.

Ses yeux se sont mouillés et il m'a regardé.

– Il y a encore une chose que j'ai apprise. Même si les gens ne sont plus parmi nous, ça ne veut pas dire que nous devons arrêter de les aimer.

Hilda a serré ma main et ses bracelets ont cliqueté.

J'ai fermé les yeux pour la suite parce que je ne voulais pas regarder le cercueil de Grams pendant qu'on le transportait à l'extérieur. Je me suis dit qu'elle n'était pas vraiment dedans. Elle était ailleurs. Dans un endroit où elle avait des contours scintillants.

Quand j'ai rouvert les yeux, j'ai trouvé avec surprise Ben et Charlie devant moi. Ils m'ont fait un tout petit sourire avant de se tourner vers le prêtre pour lui adresser un signe de tête.

Les premières mesures d'une chanson ont résonné dans les enceintes. (L'église d'Andover est légèrement plus moderne que celle des Trois Saints du pays de Galles.)

J'ai tout de suite reconnu le morceau.

Ben et Charlie ont entonné :

– *Un pas de plus dans le monde…*

Bientôt, toute l'assemblée chantait en chœur.

Papa s'est penché vers moi et m'a chuchoté :

– Tes copains ont proposé qu'on chante cette chanson pour te faire plaisir. Les paroles qui disent qu'il faut entreprendre ce voyage dans la vie ensemble m'ont paru parfaites.

– Oui, elles le sont, ai-je chuchoté.

Et puis j'ai entendu Ben et Charlie imiter le coassement de la grenouille.

Papa les a regardés sans comprendre, mais moi je n'ai pas pu m'empêcher d'éclater de rire. C'est là que j'ai compris de quoi parlait Grams. Je n'avais pas la bonne définition de la famille. C'est un peu comme les cochons qui ne connaissent pas les étoiles. J'avais besoin de changer de point de vue pour découvrir ce qui était là depuis le début.

CHAPITRE 29

Le fait sur les miracles

Quand je suis allé au lit le soir après les funérailles de Grams, il y avait quelque chose de dur sous mon oreiller. J'ai passé la main en dessous et sorti mon cahier des *Trucs que j'ai faits dont Maman aurait été fière*. Je ne me souvenais pas de l'avoir laissé là. En le feuilletant, j'ai découvert que toutes les lignes avaient été remplies. Il n'y avait plus un seul blanc. Même les marges étaient pleines de l'écriture brouillonne de Papa.

Tout ce que j'avais fait dans ma vie était noté. Mes premiers mots, mes premiers pas, la première fois que j'ai réussi à nouer mes lacets. La fois où je n'ai pas tapé Barry Williams à l'école alors qu'il m'avait traité d'idiot. La fois où *j'ai* tapé Barry Williams parce qu'il m'avait traité d'idiot pour la deuxième fois. Quand j'ai donné ma glace à une petite fille qui avait fait tomber la sienne… etc. Il se souvenait de tout. À la dernière page, j'ai vu qu'il avait écrit : *À mon fils, mon miracle*.

Les miracles.

Au début, je vous ai dit que je n'étais pas très sûr que les miracles existent vraiment. D'après Wikipédia, un miracle est un évènement extraordinaire et bienvenu, dépourvu d'explication scientifique.

Vu la définition, il est facile d'éliminer pas mal de miracles.

Beryl, la gardienne de l'église, se trompait sur sa vision dans le jardin paroissial ce matin-là. David Davies n'a pas vu trois super-héros s'envoler de son épicerie. Et l'agent Mike n'a pas été témoin de notre force surhumaine le matin où nous avons cloué Albert au trottoir. Mais comme l'a remarqué Grams, peut-être que je n'utilise pas la bonne définition. Peut-être que je dois changer de point de vue.

Parce que même si ce n'est pas vraiment les Trois Saints qui ont captivé l'imagination de tout le pays, c'est *nous* que Beryl a vus s'échapper. Et même si on ne vole pas pour de vrai, M. Davies a bien vu trois meilleurs copains s'envoler vers l'aventure. Et peut-être que l'agent Mike a été témoin d'un autre genre de force quand nous avons plaqué Albert au sol. Parce que d'après ce que j'ai appris, les super-héros ne portent pas de capes, pas plus qu'ils n'ont besoin de gros biceps. Les super-héros sont des gens qui se précipitent à votre rescousse quand vous en avez besoin. Un peu comme la famille.

Et peut-être que je n'ai pas vraiment vu ma Grams, ni senti l'amour de ma maman, au bord de la mer, dans le lieu le plus à l'ouest du pays de Galles. Peut-être que j'ai tout inventé. Peut-être que je rêvais.

Je ne sais pas vraiment. Je ne peux pas affirmer que c'est un fait. Mais peut-être, peut-être bien, que c'est arrivé pour de vrai. Et moi, ça me suffit.

FIN

Achevé d'imprimer au 1er trimestre 2021
en Italie par Grafica Veneta